Le roman de l'été

GRÉGORY LEMAY

LE ROMAN
DE L'ÉTÉ

roman

LEMÉAC

Leméac Éditeur remercie le ministère du Patrimoine canadien, le Conseil des arts du Canada, la Société de développement des entreprises culturelles du Québec (SODEC) et le Programme de crédit d'impôt pour l'édition de livres du Québec (Gestion SODEC) du soutien accordé à son programme de publication.

ISBN 978-2-7609-3285-2

Imprimé au Canada

JAN

À bord de notre Toyota à trois cylindres fonctionnels sur quatre, on est bien, en vacances, la musique dans le tapis, les fenêtres grand ouvertes, le toupet au vent. Je retire une main du volant pour la plonger à l'arrière, dans le col poilu de Jésus.

Un soir qu'on se baladait au parc, il est apparu entre nous, tout bonnement, naturellement, comme si c'était le nôtre. Et on l'a accueilli de cette même façon. Sauf qu'on pensait qu'il s'en retournerait. Flave s'est occupée de le parer. Elle lui a choisi un beau collier à pics auquel elle a accroché un petit crucifix. Et parfois, comme maintenant, elle lui fait aussi porter son bras de 11 ans, un boa.

Elle trouve injuste que je ne la flatte pas elle aussi. Je lui gratouille alors la joue, qu'elle tend. Mais il ne faut pas oublier

Pat, sa mère, ma passagère, mon amour, absorbée par le paysage forestier. Elle sursaute au contact de ma main, qui aurait effectivement pu être une araignée.

On se rend au chalet de sa riche tante. Elle nous l'a loué pas cher en plus de nous gratifier d'un « félicitations ». Il paraît qu'elle prononce ce terme à tout propos et à tout bout de champ, alors que d'autres fétichisent : *d'emblée, indépendamment du fait, quoi, fuck, tabarnak, O.K...*

*

Le lac est petit mais a sur nous l'effet d'une mer. Sauf Jésus, on s'est spontanément mis en petites culottes. On se tiraille, s'éclabousse, s'aime. Les parties intimes de Pat apparaissent sous ses dessous mouillés. L'eau, ce révélateur. Je l'arrose davantage. Elle me traite de gros cochon en m'exposant de bonnes raisons de l'être, ses fesses. Flave l'imite, mais nous la prenons de part et d'autre et la balançons comme une bille de bois pendant que Jésus jappe parce qu'il n'est pas dans le coup. Nous le lancerons lui aussi.

C'est un lac écologique, écologique comme dans : moteurs à gaz interdits. On dirait que les canotiers cherchent quelque chose, une bonne idée peut-être, dans l'explosion des rayons de soleil. L'eau est limpide, semble pouvoir nous laver de tout. À demi immergé, Jésus prend quelques lapées sérieuses et redevient fou tout à coup, bondit jusqu'au rivage, s'ébroue.

Pat dit qu'elle est trop émue, qu'elle est trop contente, qu'elle est trop en vacances. Que ses oreilles, bouche, yeux, nez, cœur sont bien trop petits pour tout ça, tout ça qu'elle désigne d'un geste ample, souple et vague, en tournant sur elle-même, ce qui porte à croire qu'elle fait référence à la vie.

On la regarde théâtraliser son bonheur depuis le petit balcon sur lequel donne la porte arrière du chalet. Elle a les clefs, et nous, on a hâte qu'elle les apporte ici.

FLAVE

Maman est conne, il a absolument fallu qu'elle s'assoie sur une petite table bien trop fragile pour la supporter, elle ne pouvait pas s'asseoir sur une chaise comme tout le monde, impossible. Ha, ha, ha, que c'est drôle, et ha, ha, ha! je crois bien qu'on est en train de faire un concours de rire, je crois même que je vais le gagner. J'en avais mis beaucoup de côté, du rire ; eux autres, ils le gaspillent au fur et à mesure. Jésus s'est planté devant moi et rit aussi, mais parce qu'il a chaud. Il a l'air d'attendre que je lui donne son bain mensuel, mais c'est lui le juge, c'est lui qui vient de décider que c'est moi la grande gagnante. Il ne peut pas dire mon nom, alors il me pointe du doigt avec son museau.

Ç'a été facile. J'ai regardé toutes les choses laides qu'il y a ici, le stucco et les tranches de briques qui sont pognées dedans, les peintures quétaines que grand-matante a faites, j'ai aussi bien observé le tout et nous, dedans, comme dans une maison de Barbie dégueulasse, et là j'ai gagné. Par contre, je n'ai pas gagné le droit de regarder la télé payante en plein après-midi, j'ai gagné que j'ai gagné, m'a dit Jan, c'est tout. Il faudrait que j'aie beaucoup d'imagination pour faire quelque chose avec ça.

*

Là, je suis plantée au milieu du garage. On peut dire que les vacances commencent bien en maudit ! Je suis encerclée par plein d'affaires : des cannes à pêche, des tondeuses, des bicycles, des raquettes de badminton et pour ne pas caler dans la neige, des skis alpins et de fond, des bouteilles vides, un quatre-roues, une tonne de bûches, et j'en passe. Je pourrais peut-être me ranger moi aussi et ne plus jamais bouger. Quelqu'un entrerait et dirait : « ... des vestes de sécurité, des outils, une Flavie, une bombonne de gaz propane... »

PAT

La maison nous surveille, avec ses fenêtres de toutes grandeurs, de toutes sortes – hymne à la vitre. J'y lancerais bien des roches, si ce n'était pas de ma tata, en souvenir du temps où j'achevais les derniers carreaux de l'ancienne usine à mélasse où je m'étais fait peloter par deux petits morveux. La maison nous invite, avec sa grasse charpente, ses murs brun foncé, son toit métallique. Le lierre s'est figé en atteignant son but, la gouttière, et moi je me suis coincé le nerf du cou en suivant du regard un chardonneret ou je ne sais quelle marque d'oiseau inscrite au catalogue Larousse posé sur le rebord de la baie, à côté des jumelles. La maison est là, bien campée dans la côte, à distance égale du chemin et du lac, dans des sortes d'épousailles avec la nature, comme si elle avait poussé dans le sol, entre les pins et les bouleaux, quelques immenses roches – incluant notre auto… Bref, son emplacement est incontestable.

*

Flave débouche du garage avec sa petite bouille, ses petits pieds, ses petites fesses, mais avec une énorme chambre à air qu'elle fait rouler et que Jésus veut absolument croquer. Pour lui, c'est une question de vie ou de mort : s'il ne réussit pas à dégonfler cette grosse affaire, elle va tous nous tuer, c'est certain. Difficile d'imaginer que ce chien peut parfois nous servir de moquette ou d'appuie-tête, lorsqu'on le voit comme ça animé par la rage. Ses babines se retroussent, ses crocs dégoulinent et on trouve ça bien drôle, nous, on en redemande, on est gourmands.

On dirait qu'on le voudrait toujours comme ça, sans allure et sans bon sens, qu'on voudrait ne jamais s'habituer à ce qui est drôle ou ne jamais s'en tanner. Ou bien on aime trop que la réalité se torde, se déforme, parce qu'on lui en veut, à la réalité. Sinon, elle nous énerve, à la longue, avec ses petites lois à cinq cennes. Celle qui contraint à souffrir pour devenir mieux, meilleur qu'avant, on la connaît trop bien, celle-là, on l'a *sizée* depuis longtemps, on mérite l'exemption, s'il vous plaît, on mérite de toujours rire de Jésus.

Il pourrait se vexer, se figer, mais non, il continue d'essayer de croquer la trop grosse chambre à air. Il est vrai que ce doit être frustrant d'avoir une si forte gueule, et bien dentée, sans pouvoir l'ouvrir plus grand.

JAN

Flave nous regarde nous embrasser sur le quai à travers l'objectif qu'elle forme avec ses doigts. C'est du cirque, car, debout sur la chambre à air, elle ballotte aussi.

Ensuite, tout le monde possède un appareil photo en doigts, tout le monde se photographie.

Et après avoir transformé son Kodak en un beau doigt d'honneur qu'elle a établi entre ses cuisses par l'arrière, Flave dégringole dans l'eau. Main dans la main, Pat et moi plongeons pour aller la rejoindre, mais nous nous éternisons sous l'eau. La passion sous-marine.

Bouche contre bouche. Je puise non pas dans son air, mais dans son sentiment pour moi, oui. On n'a pas besoin d'être sous l'eau pour ça, non. Mais sous l'eau, c'est plus grave, criant. Ce n'est que ça. On pourrait mourir.

Je la raccompagne à la surface pour replonger vers le fond. La colonne d'eau pèse sur mes tympans, fait mal. J'applique la méthode Valsava – nez pincé, souffler dans la tête. Ce truc est une fin, une satisfaction, il fonctionne toujours, comparativement à d'autres qui ne font que nous ridiculiser. Quand je refais surface, mes femmes sont déjà rentrées en intimité mère-fille. Je les arrose. Elles crient : « Ahhhheeeeeeeeyyy aaaaaaaaaaarrrr ! »

Maintenant qu'elles ont exprimé leur rage ancestrale, elles peuvent continuer à s'échanger des confidences tout en gribouillant sur le caoutchouc brûlant avec le doigt qu'elles saucent dans l'eau.

C'est quand je médite leur délicieuse insouciance qu'elles se soucient de moi. C'est quand j'y ai consenti, en fait. Quand je me passe de leur attention. Alors là, elles m'en donnent. Ça fonctionne de cette façon. On reçoit ce qu'on a accepté de ne pas avoir. Ou pendant qu'on est occupé à accepter de ne pas l'avoir, à s'assagir, l'autre est occupé à autre chose que le donner.

Tout à coup, je suis moi aussi V.I.P. Elles veulent absolument que j'embarque avec elles sur le gros beigne flottant. Je me laisse désirer, les laisse insister, c'est bon, c'est presque meilleur que d'être à leurs côtés.

Ma place, c'est le trou. J'y fais macérer mon cul.

FLAVE

Jésus et moi, on est rentrés dans le chalet comme des sauvages d'intérieur, on a laissé les deux adultes s'occuper de jouer dehors comme des enfants à notre place. Ils font très bien ça. Je vais leur crier : « Faites don' moins de bruit ! » et je suis assez fière du gros solide impoli que j'envoie dans la campagne gentille en claquant la porte.

La porte, c'est la bouche du chalet. Le chalet nous a ravalés, Jésus et moi, parce que nous sommes bien trop bons. Bons, bons, bons !

On peut enfin fouiller en paix dans tous les tiroirs et se rendre compte que ça n'en valait pas la peine. Au moins, on le sait maintenant. On n'a vraiment rien à faire, et c'est pour ça qu'on a le droit de regarder la télé, payante ou pas payante.

Le maudit soleil attaque les images. À cause de lui, je dois me lever pour aller fermer le rideau et voir par la *bay window* l'émission réelle du dehors où les personnages principaux sont nos enfants de parents qui sont partis pour la gloire. La poupoune qu'est ma mère est à quatre pattes ou des fois dans la position de l'homme des cavernes sur la *tripe* de camion qui est attachée au pédalo où Jan se comporte vraiment comme un moteur à essence interdit. Passionnant! Je ferme le rideau.

PAT

On s'est donné pour mission d'aller capturer Flave, d'aller l'embêter. Elle ne peut pas rester là, devant la télé, impunément, ne pas goûter le même soleil que nous, la même eau, le même dehors, elle ne le peut pas, nos corps ne veulent pas.

Le son est très fort, tant mieux, elle n'entendra pas notre respiration ni nos gloussements de petits vacanciers énervés. Par contre, Jésus nous a sentis, a tourné la tête, nous a vus, a eu honte, froid dans le dos, mal à sa mère. Il faudrait qu'il comprenne une fois pour toutes qu'on l'aime et qu'on n'a pas et n'aura jamais l'intention d'aller le porter à la SPCA. Jan lui fait signe de ne pas nous dénoncer, le doigt sur la bouche.

L'assaut a lieu. Flave ne résiste pas, ne se débat pas, molle, résignée, se laisse prendre par les bras et les jambes. Elle nous complexe. « Vous me l'avez fait, ça, tantôt ! » Il faudrait bien trouver quelque chose de plus original que de la rejeter à l'eau. Mais Jan a l'air bien trop sûr et content de ce qu'on s'en va lui faire pour qu'il s'agisse de la rejeter à l'eau. Et j'ai bien peur que la surprise me soit aussi destinée, peur de m'être fait prendre moi aussi, mais pas par les bras et les jambes.

*

Parce que je l'avais blessé et que j'aurais soi-disant pu éviter ça, donc parce que je l'avais blessé « pour rien » en embrassant une fille devant lui, il s'est permis de me présenter cette autre fille avec qui il avait déjà couché et avec qui il pouvait recoucher, s'il voulait. Il était comme un chat qui montre à sa maîtresse la souris qu'il a tuée justement « pour rien » en la laissant tomber sur le seuil quand elle lui ouvre la porte. La fille était bien trop belle pour que je m'empêche de parler avec elle, de la connaître un peu, juste assez, pas trop, juste pour atteindre ce point, cette conviction : Impossible qu'il tombe amoureux d'elle ; si c'est le cas, j'ai affaire à un crétin, je le quitte.

Je savais déjà qu'il ne l'aimait pas, mais le ressentir, le voir de près, l'embrasser elle aussi, comme à la place de Jan, était encore bien plus rassurant.

*

Après nous avoir un peu mordillé les cuisses et avoir reçu une taloche sur le pif, Jésus se met à hurler à la lune et nous l'accompagnons quand nous remettons Flave sur ses deux pattes dans une sorte de chute chorégraphique manquée. Et là je me rends bien compte de quoi Jan m'a rendue complice : il s'enlace, se prend dans ses bras, fait semblant de s'adorer, pour se jeter, lui, plutôt, à l'eau. Quelle anacoluthe brillante ! Encore une fois, bravo !

D'un pas las, Flave retourne à l'intérieur comme si elle était habituée de se faire déplacer ainsi, inutilement. Elle s'en retourne s'abrutir devant la télé parce qu'elle est bien trop intelligente, il faut bien qu'elle se fasse un peu de tort intellectuel si elle veut pouvoir reparler à ses amis à notre retour à Montréal.

JAN

Je suis le plus chanceux des hommes. Pendant que je sèche sur une chaise longue, Pat et Flave me chantent *Aga dou dou, dou.* Elles se sont acoquinées avec le système DVD karaoké de la matante. Leurs deux bouches sont collées au même micro et leurs deux têtes, sorties par la même fenêtre.

Aga dou dou, dou, ce sont des paroles qui se retiennent bien. On n'a même pas besoin de les lire sur l'écran. On n'a pas besoin de les lire tout court. Elles sont là, dans la gorge, avant qu'on les chante, avant même qu'on naisse.

Ce sont des paroles faites sur mesure pour deux filles qui se plaisent à se croire prisonnières d'un cadre de fenêtre. Elles peuvent y intercaler des rires, des cris de jouissance, etc. Ou bien s'étouffer avec.

— Mal vous en prit! dis-je.

Mais rien ne peut distraire mes chéries du plaisir crasse qu'elles ont à interpréter une chanson archi-connue à un auteur-compositeur-interprète quasi inconnu.

FLAVE

Il faut toujours que Jan vienne profiter du fun qu'on a parti sans lui devant lui. Le résultat est qu'il n'y a plus personne pour nous regarder. Jésus, inutile d'y penser.

Jan par-ci, Jan par-là, Jan, Jan, Jan, Jan... Il doit s'ennuyer de son spectacle occasionnel qu'on ne rate jamais et qu'on respecte en s'empêchant de monter sur sa scène et de plaquer sa chanteuse qui rend toutes les filles jalouses.

Vaut mieux partager mon micro avec lui, sinon c'est maman qui le fera et il ne me restera plus qu'à gueuler très, très fort comme une vraie désespérée qui veut réveiller Céline Dion à l'autre bout du monde.

Je suis assez contente de ne plus chanter par la fenêtre, en fin de compte, ça crée des rails de train sur le bras et un effrayant mal de cou qui supporte tout seul la grosse tête. Maintenant, c'est le moment de chanter debout dans le salon pieds nus sur le tapis à poils ras en traînant comme une conne locomotive tous les autres moments de ma vie jusqu'à ma naissance.

Maman tient absolument à nous montrer comment elle n'est pas bonne en chant fort, même si on le sait depuis longtemps. C'est une fierté qu'elle est obligée d'avoir au moins une fois par année si elle ne veut pas tomber malade mentale.

Jésus n'aime pas ça du tout, il voudrait manger les sons avant qu'ils rentrent dans le micro. Patience, le chien, on soupe bientôt.

PAT

L'homme qui s'amène doit avoir senti l'odeur du steak qui cuit sur le barbecue supersonique à paliers. On l'a vu sortir du boisé illégalement; seuls les beaux animaux devraient en avoir le droit. Poilu sauf sur la tête, il porte une bedaine de bière qu'il n'a pas pris soin de couvrir d'un t-shirt qui se serait marié au funeste bermuda beige. Ce doit être le voisin. Il doit être frigoriste.

Il nous a vus, on l'a vu, mais personne ne dit rien, il n'est pas encore assez près. C'est franchement déprimant d'attendre quelque chose qu'on ne veut pas. On ne peut pas davantage perdre son temps, le temps ne peut pas plus nous nuire, ce concept, cette chose dont tout le monde parle, qui concerne tout le monde, apparemment, cette rumeur.

Je parie qu'il vient nous servir le fameux : « Si vous avez besoin de quoi que ce soit, n'hésitez pas. » On aurait besoin que vous partiez, monsieur.

Jan est bien content de montrer qu'il est capable de sympathiser avec une personne simple. Je pourrais le critiquer, mais c'est les vacances, trouvons-le chou, *cute*, pou, il essaie encore de me séduire, fait des efforts, m'honore. Pendant qu'il croit que je l'aimerais plus sociable, moi je crois qu'il aimerait l'être plus. Nous manquons un peu de communication, c'est tout, et bien mieux comme ça. Il faut préserver un peu de malentendu, sinon il ne nous restera plus qu'à nous regarder dans les yeux comme dans un téléroman dans lequel on attrape tôt ou tard le cancer.

FLAVE

Lorsque le gros plein de soupe est retourné chez lui, on a bien vu tout le poil qu'il avait sur le dos, un peu comme Jésus, qui a d'ailleurs voulu le suivre. Le traître, le putain de chien. Il serait prêt à habiter avec n'importe qui. « C'est nous que t'aimes, idiot », que je lui dis, mais c'est mon steak qu'il écoute.

Le soleil s'est couché et les moustiques en ont profité pour se lever. Ils ne peuvent pas nous piquer, les murs en moustiquaire du *gazebo* nous protègent. Mais la vraie menace est à l'intérieur et c'est Jan un peu soûl qui fait des farces plates. Il a seulement à dire : « 'Gar' z'é beau » en me pointant du doigt pour que maman parte à rire et que je reçoive un bout de patate sur la joue.

Ils me rattrapent au milieu du terrain et me serrent fort, fort, fort dans leurs bras, comme si j'étais un bébé lala qui pleure. Ils continuent à me baver, les hosties.

JAN

J'ai fait la grasse matinée. Le grand lit et moi nous sommes aimés jusqu'à l'écœurement. Je suis descendu. Les filles, toutes joyeuses, toutes belles, étaient bien installées dans la journée. Je me suis senti indigne. Je n'avais encore rien à raconter, moi. Un zombie. Je me suis isolé, dehors. Le temps de me métamorphoser. Je leur ai offert, en me tenant à une bonne distance d'elles, une image de moi digne, fauve. Je regardais au loin.

Flave a collé au réfrigérateur, avec une coccinelle aimantée, la contravention que j'ai reçue à ma fête. Description du délit : « Ayant gêné ou entravé la circulation des piétons en se tenant immobile sur une place publique et ayant refusé de circuler sans motif valable à la demande d'un agent de la paix. » 140 $. Ce n'est pas une blague.

Trois heures et quart du matin, sur le trottoir. J'étais bien trop content d'avoir accepté mon année de plus pour accepter de me faire écœurer par la police. Autrement dit, toute occasion est bonne pour séduire sa blonde. En fin d'après-midi, Charles, le père biologique de Flave, nous l'a amenée. Elle s'intéressait beaucoup à mon billet d'infraction, alors je lui ai donné la partie dont je n'avais pas besoin pour le contester, en échange du cadeau qu'elle m'offrait pour ma fête : une veilleuse fabriquée avec une bouteille de bière.

PAT

En tout cas, je suis bien heureuse de prendre congé des belles filles de Montréal et du doute intermittent sur ma beauté. Ici, je suis la plus belle de mon âge, c'est sans équivoque. Je peux enfin étendre du beurre sur un croustipain en toute quiétude. Apportez-m'en, maintenant que je sais comment éviter qu'ils cassent dans la main. Il suffit d'en empiler au moins deux et d'appliquer le beurre sur celui du dessus ; voilà un petit truc qui peut procurer beaucoup de joie. C'est Flave qui me l'a appris dernièrement, comme elle m'a montré, cet hiver, à placer mes lacets à l'intérieur des bottes pour ne pas qu'ils trempent dans la gadoue du portique et qu'ils soient désagréables au toucher, tout suintants, lorsqu'il est temps de retourner dehors.

On endure plus ou moins consciemment ces petits inconforts, jusqu'à ce que notre fille vienne nous en débarrasser. C'est alors qu'ils apparaissent intolérables rétrospectivement, qu'on se demande comment on a bien pu faire pour vivre ainsi, avec eux, pendant tout ce temps.

*

Le doute s'est éveillé et on se met à scanner notre vie, tout à coup qu'elle comporterait quelque chose d'autrement important à changer, ou à bannir. On est fou. On regarde à gauche, à droite, devant, derrière, dans la peur de découvrir l'erreur, la farce, de ne plus être à sa place. Un souci d'existence nous a conquis jusqu'à la moelle et on n'y peut rien tant et aussi longtemps qu'on n'aura pas atteint l'orgasme de propreté.

FLAVE

Je ne sais vraiment pas pourquoi j'ai l'impression que mes pieds sont comme des bébés. On dirait que j'ai rêvé ça et que je ne m'en souviens plus et que mon rêve veut continuer. D'accord, j'ai des bébés à la place des pieds et je marche dessus, chacun leur tour, je leur fais mal chacun leur tour. L'un s'appelle Bé et l'autre aussi, exactement comme quand maman et Jan veulent se moquer des gens qui sont en couple comme eux. « Heille, Bé, me passerais-tu le sel, s'il te plaît!? »

Jésus a commencé sa séance quotidienne de course qui ne mène absolument nulle part. Il court le plus vite possible avec ses oreilles baissées comme les ailes d'un jet. Il court autour de nous comme s'il voulait nous enfermer à l'intérieur d'une clôture faite de lui multiplié par cent pour ne pas qu'on s'échappe. Je ne vois pas ce qu'on a de si intéressant. Maman continue à lire un livre tout le temps, Jan lance des boules tout seul, et moi je ne fais rien, encore.

JAN

Personne ne veut jouer à la pétanque avec moi. Je fais pitié. Même à la petite école, je n'ai pas connu un tel rejet. Je vais m'aimer, dans ce cas, je vais jouer avec moi-même. Je vais être mon gîte, mon ami. Être ma foi, ma joie, mon envie. Je vais être à moi. Je me découperai sur mon environnement.

Entre mon contour et le monde, ce sera étanche, bon.

Disons que les boules sur lesquelles on retrouve une seule barre appartiennent à mon *moi 1*, et celles qui en comprennent deux, à mon *moi 2*. D'accord. Commençons…

Hum! Ça ne va pas. Je ne ressens pas le plaisir de la compétition. Il faudrait que j'aie une préférence pour l'un ou l'autre de mes moi. D'accord. Supposons que *moi 1* est le bon et *moi 2*, le méchant. D'accord…

Hum! difficile, maintenant, de ne pas faire exprès de rater mon coup quand je lance une boule qui appartient au méchant *moi 2*…

Dure, la vie.

PAT

Le 6 décembre 1917, dans le port de Halifax, le navire de munitions *Mont-Blanc* prend feu et explose après être entré en collision avec le *Imo*, un bateau de secours – mon cul! L'explosion engendre un tsunami, une onde de choc incroyable, la destruction d'immeubles, la mort en abondance, la cécité, la perte des vêtements…

Zoom sur un homme nu coiffé d'un béret de marin. Il aurait pu en faire un cache-sexe, il me semble. Il a dû en ramasser un quelque part pour que les autres survivants ne se méprennent pas sur sa fonction. Le livre raconte qu'une enfant de l'âge de Flavie a dit à sa maman en la retrouvant qu'elle avait vu un marin nu. Sa maman lui a alors demandé comment elle pouvait savoir qu'il s'agissait d'un marin puisqu'il était nu. C'était grâce au béret.

Cher béret! Je t'aime, je te mets, je ne peux plus me passer de toi, tu fais maintenant partie de mon corps, mon corps t'a intégré comme l'arbre la clôture Frost; nous allons vivre ensemble, nous allons…

JAN

Flave vient d'apparaître à côté de moi pour bombarder le cochonnet avec des cailloux. C'est son type d'humour. « Tu vois bien que tu as envie de jouer », je lui dis. Un jeu dérivé s'installe, celui où il faut atteindre le cochonnet, moi avec une boule, elle avec un caillou. Elle peut en lancer plusieurs à la fois. Son stock est vite épuisé. Je profite de l'occasion pour lui mettre une boule dans la main. C'est ainsi que je la convaincs de jouer à la pétanque avec moi. Je vais

chercher le cochonnet pour le relancer
presque au même endroit sans faire
exprès. Je n'intéresserai pas la petite de
cette façon. Je la laisse commencer au cas
où elle n'aurait pas la patience
son tour. Malheureusement, il n
pas ce qu'on appelle *la chance*
Les cailloux lui allaient mieux.

Oui, elle porte mieux que
le caillou. Dans la paume. Ce
sied à merveille. Je ne lui dira
m'en lancerait un. Elle est bier
Elle m'a déjà donné un coup d
grand, un vrai, un sérieux. Dans
Je venais de quitter sa mère. Il n
faire ça. Jamais.

PAT

Charles, l'enculé géniteur de mo
portait un canotier pour esca
calvitie. Encore aujourd'hui, le
prolonge sa tête, le même ou ur
identique, ça m'est égal. Quelq
vivant ne m'est jamais apparu aussi mort
que lui.

Que disait-il, donc, à propos?... Ah
oui! *Mon amuse-gueule.* Comme il était fier
du mot qu'il avait trouvé en 1994 dans un
roman français moisi qu'il avait trouvé dans
les poubelles. Il le laissait sortir de sa bouche

comme de l'or en air. Je n'allais vraiment pas bien à cette époque. C'est mon malheur qui faisait les choix, pas moi.

Mais je suis tombée enceinte accidentellement, j'ai décidé de ne pas me faire avorter, cette fois, et Flave est née comme sur un tas de fumier. Elle est venue me sauver, m'apporter la bonne nouvelle : « Maman! »

FLAVE

Pour ne pas me perdre en tant que joueuse de pétanque manquée, Jan m'a proposé d'aller jouer dans un pied d'eau du lac pendant que les ménés nous chatouillent les pieds, même si c'est l'équivalent de nous mordre férocement dans leur petit monde. Il ne comprend pas que c'est de ne pas jouer à la pétanque qui m'intéresse. Il ne comprend pas que je joue à jouer à la pétanque dans l'eau et que ce n'est même pas pour lui faire plaisir, mais pour faire semblant de lui faire plaisir. Je suis une personne complexe, comparée à lui.

PAT

Moi égarée, à côté de mes pompes, de ma voie, possédée par le manque, l'absence, endiablée, la vulve à l'air. Moi perdue, facile, sans lendemain, sans scrupules. Je ne m'aimais pas, je ne me ménageais pas, me faisais du mal, incapable d'être heureuse plus de quatre heures, être heureuse était de toute façon bien trop con, morne et snob. Les putes de la rue Ontario étaient mes idoles, parce que je n'avais pas le courage de m'enfoncer autant qu'elles. J'aimais mieux ne pas trop m'enfoncer, simplement, que ce soit vers le bas ou vers le haut – en haut, bien trop de confiture ; en bas, bien trop de vomi. Il me fallait absolument trouver quelqu'un à qui faire payer tout ça : Charles. Je m'y prenais encore bien mal.

Flave est bien plus *wise* que lui. Elle l'a entraîné dans la confection de la veilleuse-bière sans qu'il se doute qu'elle était destinée à Jan. Pour qui voulait-il qu'elle soit, c't'affaire, et pour qui voulait-il que je sois, moi, hein !?

JAN

Je ne sais pas si Flave me croit réellement dupe de son manège théâtral. En tout cas, elle *surjoue*. Elle lance sa boule bien trop sérieusement. On peut au moins dire qu'elle excelle dans le domaine de s'empêcher de rire. Avec un peu de pratique et plus de maturité, elle fera une grande pince-sans-rire. Elle pourra participer à toutes sortes de choses risibles, la chanceuse. Et elle pourra raconter des âneries qui seront prises sérieusement. Elle pourra se sentir complètement à part.

Floc ! La boule atterrit dans l'eau, le lac se révolte, il sort un point et se calme. Le mieux est lorsqu'elle en heurte une autre qui repose déjà sur la plage sous-marine. Ça fait plac ! fusion de plouc et de tac. Ce bruit me fait penser à Pat.

FLAVE

J'ai accepté l'invitation de Jan à m'asseoir sur ses épaules pour voir s'il n'y a pas quelque chose comme un nid d'oiseau allemand dans la mangeoire jaune, verte et rouge. Non. Il me demande dans ce cas s'il n'y a pas autre chose que j'aimerais vérifier et qui se trouverait à la hauteur où je me trouve en ce moment grâce à lui. Non plus.

JAN

C'est une grande fille que je fais basculer comme une petite. De mes épaules jusque dans mes bras. Et je la dépose sur les genoux de sa mère. J'ai fait là une consolidation de beautés.

Pat nous remercie d'enfin arriver. On l'a sauvée de la catastrophe, semble-t-il. Son livre sur l'explosion du port de Halifax comporte des longueurs.

Elle demande à Flave si elle est heureuse. Elle le lui demande une fois par jour, je dirais. La réponse ne la satisfait jamais. La réponse lui est égale, en fait. C'est le centre, le jaune de la réponse qui la branche. Le pouls de la parole. Elle se prend pour une docteure de l'âme.

Mais où est donc passé Jésus ? Je l'appelle, le siffle. Après un certain temps de latence, du bruit en provenance du sous-bois septentrional. Il en émerge, quelques morceaux de feuilles sur la tête. C'est mon homme. On se bat, roule, grogne, se mord.

Bon, pendant que j'évacuais mon trop-plein, lui se galvanisait. Je dois lui faire comprendre qu'il n'a plus le droit de me mordre maintenant, que c'est terminé. Je le regarde droit dans les yeux en le muselant avec ma main. Son regard est faible, émouvant. Un regard de repliement.

PAT

Flave la fouine tient absolument à lire ce qu'il y a d'écrit sur mon signet de fortune. C'est en fait un mot que Jan m'a laissé un rare matin qu'il devait se lever tôt, s'arracher de moi, oh misère! pour aller aider un rare ami à déménager dans Saint-Henri, oh hisse!

« Avec des becs, je t'ai fait une ceinture, un collier, un chapeau, et ensuite un rouge à lèvres très foncé. Tu n'as pas vraiment réagi, tu as gémi un peu, de plaisir ou de déplaisir? On ne le saura sûrement jamais. »

Flave ne se sent pas trop mal d'être rentrée dans notre intimité sur papier, elle me redonne mon billet avec un peu de dédain en prime, et je lui redonne son dédain avec de gros yeux en prime. Il y a beaucoup de vie autour du bout de papier que seul Jésus ne peut lire. Je ne quitterai pas, non, ma position de grosse vache folle pour le lui mimer à la façon chienne, surtout que le voisin ramène sa bedaine.

Depuis que sa femme, ses enfants, ses chats et ses condylomes l'ont quitté, il se cherche des amis. Il ne faut surtout pas lui poser de questions, il irait penser qu'on s'intéresse à lui, qu'on le veut, que ça y est, qu'enfin, il sera roi, qu'il est sauvé. À sa place, je miserais sur Jésus plutôt que d'inventer des choses plates à me dire pour pouvoir me reluquer. Je suis assez contente de ne porter qu'un bikini, de le faire souffrir à ce point de ne pouvoir me toucher, autant que je suis dévêtue. Ne me bavez pas dessus, monsieur.

Je vais demander une réduction du coût de location à ma tante, à cause de cette grosse personne qui n'a même pas la décence de me cacher du soleil, et Dieu sait qu'elle le pourrait.

Si je suis aussi méchante avec lui à l'intérieur, c'est pour être capable d'un brin de gentillesse à l'extérieur, pigé?

J'ai mal aux yeux, ils pleurent, coulent, à cause du soleil, à cause du gros, malgré moi, malgré mes lunettes, vers mon cœur. J'interpose donc une main, réflexe normal, geste tout ce qu'il y a de plus banal, usé jusqu'à la corde partout dans le monde depuis belle lurette. Alors je ne vois vraiment pas pourquoi il va croire à une volonté de toper de ma part. Il tape dans ma main avec la sienne, il fait ça! C'est malvenu, dégueulasse, hallucinant. Je dois me retenir pour ne pas appeler à l'aide.

JAN

Flave a sorti son sac-radio. Une vraie radio, avec de vrais haut-parleurs, intégrés à un vrai sac à main. Elle l'a allumé, syntonise un canal non brouillé en marchant jusqu'au bout du quai et s'assoit. Elle en sort une orange.

Vue d'ici ou de près, elle est magique. Le lac, les arbres et les montagnes, c'est pour elle. Je les lui offre. Il faudrait pouvoir les apporter à Montréal pour qu'elle les mette dans sa chambre. Sa chambre, bien que très décorée, bien colorée, ne lui rend pas justice, je trouve.

La solitude, on respecte et comprend ça dans notre famille. Même Jésus. Il ne dit pas un mot, adopte notre air, nous accompagne, flou, poilu. Il fait le chien de peluche.

Pas si sûr qu'elle le flatterait en fixant ce paysage si elle n'avait pas fait circuler sa pétition en faveur de notre renouement. Ce qu'elle souhaitait était ce que nous souhaitions, au fond. Elle nous a bien eus.

Cette petite a un « don ». Tout le monde le dit de son enfant, mais elle, c'est vrai (ça aussi, tout le monde le dit). Elle conçoit des choses formidables à l'école alternative Les Ruisseaux. Par exemple, une pétition pour que sa mère et moi renouions. Elle a fait signer ses amis, les nôtres et des inconnus qui la trouvaient bien *cute*. Jusqu'à ce qu'il ne manque plus que nos signatures, à Pat et à moi.

FLAVE

La prochaine fois, Jan devrait tourner maman de bord pour faire tout le tour de sa taille avec ses petits becs de moumoune qui a une femme. Une ceinture qui ne tient pas toute seule ne peut pas tenir des petites culottes ou des fesses.

Ils n'ont pas encore terminé de jouer à ce genre de jeux cochons d'enfant pauvre quand pour moi, c'est fini depuis longtemps. Moi, je suis rendue à leur chercher des bébites dans mon évolution humaine. J'aime mieux en chercher en eux que dans la terre comme les autres de mon âge qui sont obligés de se pencher et de se salir les mains.

JAN

Pat a la rage. Chacun son tour. Lorsqu'on l'a en même temps, c'est plus commode, on peut s'ébattre. On peut partager toute la beauté qu'il y a entre nous et celle qui est ailleurs. Et sentir qu'elles se rejoignent, ou que c'est la même.

Elle doit s'inventer une thérapie, ça presse.

— Allez, ma pitoune !

Elle a trouvé un bicycle de montagne pour enfant dans le garage. Je regrette un peu de l'avoir encouragée. Je ne pourrais supporter qu'elle se casse la gueule, voire qu'elle devienne handicapée. Ça ferait comme une bombe à neutrons dans mon corps.

Elle crie : « Tasse-toi, ma chouette ! » Pendant que Flave débarque son bataclan du quai, j'attire Jésus avec un bouchon de bière. Quoi qu'on se mette au bout des doigts, il vient toujours le sentir, même si c'est rien. Je le tiens. Pat peut y aller, maintenant.

Elle descend la pente du terrain en pédalant par à-coups. Elle va le faire, oui. Elle n'est pas du genre à bluffer, non. C'est déjà fait, elle a sauté dans le lac en bicycle. Flave est hilare. Ma mère, mon idole !

J'aime à penser qu'elle a exécuté cette cascade pour émouvoir sa fille. On est des obèses affectifs. On est tout petits dans l'univers mais combien gros les uns pour les autres. L'autre a tellement de poids, je n'en reviens pas.

Pat, je suis juste ici, en haut, je n'ai pas bougé d'un poil. Je ne descends pas pour te féliciter parce que je sais que je suis en toi comme je suis ici, bien assis avec ma bière. Tôt ou tard, tu voudras rassembler ce Jan dedans toi et ce Jan dehors. On s'embrassera. On se collera. On fera l'amour. Ça sera un peu plus neuf que d'habitude, comme d'habitude.

FLAVE

Jan m'a envoyée dans la forêt chercher du petit bois sec. On dirait qu'il veut me faire vivre un conte de fées où je me ferais violer. Mais Jésus me défendrait comme dans les documentaires d'animaux où la lutte est féroce pour l'amour d'une femelle ou d'un enfant. Je lui mets une branche dans la gueule, mais il ne comprend pas qu'il irait la porter à l'endroit du feu pour revenir en chercher une autre, ainsi de suite, s'il avait la même intelligence que nous. La sienne est de rester avec moi, et c'est très bien comme ça. Sa branche est longue et il ne la lâche pas d'une dent même si elle lui fait la vie dure en ne passant pas toujours entre les arbres.

Il ne nous abandonne pas, sa branche et moi. Sa branche est un peu comme moi, elle est mince et sèche ; si on la pliait, elle casserait, elle deviendrait deux bouts dans les mains de l'agresseur, qui ne saurait plus quoi faire, tout mêlé, tout étourdi.

Je laisse tomber mon paquet de bois aux pieds de Jan comme une vraie esclave et il accepte ça. Merci, bonsoir ! Maintenant il a tout ce qu'il faut pour faire un beau feu de camp romantique et ensuite aller violer ma mère en cachette. Il met MES branches par-dessus les boules de journal sans me demander MON avis. Moi aussi je suis capable de construire un mini-tipi, O.K., là?

PAT

On pourrait faire cuire les patates dans le feu, on pourrait même les recouvrir de braise dans un trou, bien sûr, mais Jan pourrait me recouvrir aussi, il pourrait rentrer dans mon trou, aller le plus loin qu'il peut en moi, chercher mon début.

Je gis toute nue sur le lit et on ne m'aura jamais vue autant aimer mon corps d'amour sincère. La balade à vélo dans l'eau m'a bandée jusqu'à la chair de poule, qui est en fait la multiplication microscopique de mon clitoris. Mon maillot de bain en petit tas mouillé par terre, c'est du passé; ma tenue de campagne toute sèche dans le tiroir, du futur. Je suis à même de comprendre ce qu'est le moment présent. Ma main colle à mon sexe, elle s'obstine, j'ai beaucoup de mal à l'ôter de là pour aller sur le balcon de la chambre des maîtres demander à mon bûcheron favori de bien vouloir venir m'aider, s'il te plaît.

Trop tard sera trop tard, tant pis pour lui, il aura l'air bien fou ça ne sera pas de ma faute, mais de la sienne, il n'aura pas été assez rapide, mon doigt l'aura été plus que lui, mon doigt aura parcouru monts et vallons.

Il va venir, c'est sûr, il me l'a dit, c'est un homme de parole. De toute façon, il viendrait même si je ne l'avais pas appelé tellement j'ai envie de lui, impossible que cette envie se passe de lui. Je peux l'attendre en me caressant et imaginer qu'il arrive en me remplaçant, et il arrivera en me remplaçant. Je suis bien contente d'avoir un chum, en tout cas.

JAN

J'ai l'impression d'être né pour ces gémissements-là, pour les entendre. Ils sont la mémoire sonore du monde. Du monde dans lequel je veux vivre. Ils m'entraînent au cœur du monde dans lequel je veux vivre.

On devient fous, fous, fous d'amour. Je ne sais plus quelle position choisir. Je ne voudrais pas avoir à en choisir une, je les prendrais toutes, toutes en même temps.

Flave a lancé un caillou sur le balcon, j'en suis presque sûr. La preuve en est qu'un autre atterrit dans la porte-patio. Pat a aussi entendu le bruit, mais nous passons outre, repoussons la culpabilité.

Le jour où j'aurai percé le secret de ses fesses, je pourrai mourir en paix.

Si Flave savait exactement ce que je suis en train de faire à sa mère, elle me bouderait pour le reste de sa vie.

FLAVE

Très cher journal qui est dans ma tête,

Aujourd'hui, ma mère a fait une cascade pour que Jan la trouve bonne, ensuite Jan a fait un feu pour qu'elle le trouve bon, et là ils se violent dans la chambre pendant que Jésus et moi faisons notre gros possible pour que le feu ne s'éteigne pas.

*

Là je commence à avoir faim en maudit, mais les organismes qui aident les enfants sont bien trop loin pour que j'y aille à pied.

Les vieux font exprès d'arriver dans la cuisine quand justement je n'ai plus besoin d'eux et que j'ai un sac de guimauves dans les mains. Je leur demande s'ils peuvent venir me reconduire à Montréal chez mon père Charles et de répondre par « oui » ou par « non » seulement. Maman me tape sur le dessus de la main pour me défendre de prendre une guimauve et c'est comme si j'avais reçu leurs quatre mains. On s'engueule. Pour me calmer, elle me donne la guimauve que je voulais, ou une pareille, après m'avoir volé le sac qui représente le pouvoir politique. Je serais bien folle de ne pas la manger et de ne pas retourner dehors.

Dehors, rien ne peut m'arriver, aucun raton laveur ne me fouillera, aucun écureuil ne me grugera l'oreille, aucun oiseau ne me percera un œil et aucune roche ne me sautera dessus.

Le feu fait aussi pitié que moi. Lui aussi a besoin qu'on s'occupe de lui, qu'on le nourrisse. Tiens, feu, voilà une bûche, revis donc comme du monde!

JAN

Je donne à Flave les patates enveloppées de papier d'aluminium. Elle me demande ce que je veux qu'elle fasse de ça. Elle me dit de les mettre moi-même dans le feu. Je lui demande si elle aimerait aussi que j'y aille.

Les patates sont en enfer. Je pourrais les regarder cuire toute la soirée, ne faire que ça. Nous sommes bien, Flave ne peut pas dire le contraire, elle n'essaie même pas.

Jésus les a regardées passer de mes mains à celles de Flave, de celles de Flave aux miennes, et des miennes au feu, fasciné. Ç'aurait pu être des sortes de balles, des objets pour jouer. Il ne sait toujours pas ce que c'est.

Je ne dis pas qu'on les regarde toujours, mais il arrive qu'on les regarde tous ensemble, qu'on communie de cette façon. Je peux dire que les patates constituent l'endroit du feu qu'on fixe le plus. Le *punctum* du feu. Vouloir y disparaître pour apprendre plein de secrets. Il y a là ce qui pourrait nous être révélé à notre mort. Et c'est juste là, à côté.

Mais voilà que Pat s'amène, tout à fait d'humeur à nous sortir de notre état d'hypnose.

PAT

Sur le billot, le petit cul pur de ma fille est collé au mien bien fourré, rouge et dilaté. Deux derrières, deux mondes, deux esprits, deux jolies. Le mien devrait avoir droit à un peu plus de place, à l'espace de sa demie, mais c'est à la demie du billot, pas davantage, qu'il a droit. C'est de cette façon que Flave me fait payer d'avoir pris mon pied.

Hé, le monde, réveille-toi, révolte-toi contre moi, tue-moi donc pour que ma fille ne puisse plus accuser que mon absence!

D'abord, le monde, peux-tu me dire une fois pour toutes ce que j'ai, encore et encore? J'ai toujours, souvent en tout cas, quelque chose, toujours, souvent, quelque chose m'achale, me tire par la manche, une sorte de partie de moi insatisfaite, lancinante. Après que Jan m'a prise d'aplomb, je devrais me sentir apaisée, tout à fait, mais non, maintenant il faudrait que je couche avec l'existence. Et ensuite ce sera quoi, restera-t-il quelque chose pour moi!?

Eux autres, ils peuvent rester peinards près du feu, pas moi, je représente leur folie, je dois bouger, me lever, m'envoler, je n'ai pas le choix.

En tout cas, je suis la seule à offrir du mouvement à Jésus en ce moment. Sacré veinard, va, une chance que j'existe, hein? Oui, tu es content, là, je le sais, mais tu vas trop loin, je veux dire trop proche. Qu'est-ce que je t'ai déjà dit, hein!? Tu ne renifles pas la nou-noune de maman, non, non, non, c'est à Jan, ça, pas à toi!

Même Jésus est aux prises avec des difficultés œdipiennes.

Il faut courir, courir jusqu'à l'os, le chien.

Sur le chemin, nous croisons deux femmes mûres en pleine promenade digestive. Elles me souhaitent le bonsoir même si je ne leur ressemble pas du tout. Mais nous sommes les seules humaines sur Terre présentement, puisque personne d'autre n'est visible, nous sommes complices de l'isolement, les survivantes de l'heure, et nous avons ce gros, gros point en commun : la nature. Je voulais juste dire que la nature porte à la sympathie.

Je suis aimée ; mon homme me prend, ma fille me boycotte, mon chien me court après, et deux adeptes d'*Écoute ton corps* se rendraient bien compte qu'elles veulent coucher avec moi, si elles l'écoutaient davantage, leur corps.

FLAVE

Le voisin abuse de nous, il est encore venu nous voir. Cette fois, c'était parce qu'il avait peur de notre petit feu. Notre petit feu pourrait devenir très gros, brûler sa maison secondaire, devenir un feu de forêt entière en cette période de sécheresse entêtée. Toutes les raisons sont bonnes, bientôt il va nous faire accroire qu'il s'est perdu.

Après son départ, Jan l'a traité de *petit boss des bécosses* et il m'a demandé de mettre une autre bûche au feu dans son dos. Il a osé me donner cet ordre parce qu'il savait bien que ça me ferait plaisir d'obéir.

Maman est revenue avec Jésus en boitant derrière lui comme une robineuse. Elle est tout de suite allée oublier son mal de cheville en regardant dans le barbecue les steaks qui étaient en train de rattraper les patates dans le marathon de la cuisson.

Elle a mangé son steak saignant même si elle l'avait mangé bien cuit la veille ; elle voulait apporter une différence à la même chose, qu'elle a dit.

Jan, lui, pense qu'hier était une pratique d'aujourd'hui, qu'aujourd'hui est le vrai premier jour de vacances, qu'aujourd'hui nous sommes meilleurs en vacances. Et si on continue comme ça, il va nous emmener au village.

JAN

J'ai demandé à Flave si elle m'aimait et elle a rechigné depuis son sommeil. Elle est bête comme ses pieds lorsqu'elle dort. Couchée en position fœtale à l'extrémité du divan, elle pourrait être confondue avec Jésus s'il n'était pas bien en vue sur le tapis. Je la monterais bien dans son lit, mais elle nous a fait promettre de ne pas le faire avant notre coucher. Elle ne veut rien manquer, même quand elle dort.

Je retire ma main d'entre les jambes de Pat. Elle la remet là. C'est tout.

Un film à Super Écran. On ne prend pas trop de temps pour se gargariser de sa médiocrité à satiété. Nous nous rendons à un autre canal de Super Écran, où c'est encore plus mauvais. Les quatre films des quatre canaux de Super Écran sont tous plus mauvais les uns que les autres, mais nous insistons, nous nous entêtons, nous allons de l'un à l'autre. C'est comme de ne pas croire qu'un service payant apporte moins que rien.

Il faut bien se résigner à aller faire un tour du côté du 2 et consorts. Le paradoxe est que l'image n'est pas brouillée, ici, à la campagne. Grâce à la soucoupe. Ça nous change de Montréal sans câble. On reconnaît bien les formes, les visages.

« Je pensais qu'il était moins beau que ça, lui. »

C'est Pat qui tient la télécommande. Moi, je l'ai dit, c'est son entrejambe.

Elle a l'habitude, dans ses moments de détente, de porter une jupette de coton

sans dessous. Je ne la caresse pas, je lui fais
une petite culotte avec la main. Un jour,
c'est ce qu'on a remarqué. Et c'est resté.

PAT

Flave tient absolument à ce que Jésus porte un gilet de sauvetage. Elle lui fait essayer le modèle qui ressemble à un bout de tapis de gymnastique qu'on accroche au cou et qu'on attache à la taille. Ça lui va à ravir. À notre tour maintenant.

Le garage s'est transformé en salle d'essayage nautique d'où on entend dans le salon Jan essayer de composer une chose avec sa guitare, c'est-à-dire qu'il la répète et la répète jusqu'à ce qu'elle atteigne le mille – dans deux heures. Musique de centre d'achats sérielle.

Ne perdons plus de temps, ma fille, partons à l'aventure sur l'étendue d'eau, suffit la coquetterie, ce gilet-là est le seul à ta taille, de toute façon.

Si tu rencontres l'homme de ta vie, il t'aimera comme tu es, il t'aimera vraiment, il te mangera toute crue, tellement il t'aime. Et toi tu te demanderas peut-être pourquoi, tu ne comprendras peut-être pas pourquoi toi. Tu comprendras mieux quand tu bougeras, tourneras les yeux vers lui, quand tu le verras bien ; tu pourras te dire : c'est moi puisque c'est lui.

Jésus a cette façon qu'ont les chats de se mettre là où il ne faut pas. Il croit peut-être que de prendre ma place le rapprochera de moi. Il est très *premier degré* et m'oblige à l'être aussi en le poussant avec mon corps pour qu'il bouge le sien jusqu'à l'arrière du pédalo. Il ne fait pas partie, contrairement à nous, de l'espèce qui pédale.

JAN

Les sons, les mots ! Ils tourbillonnent autour de toi. Et ceux que tu réussis à attraper sont ceux que tu mérites. Et parfois, ou très souvent, tu considères que tu en mérites d'autres. Donc tu en cherches d'autres, de meilleurs. Tu ne te prends pas pour de la merde, ou tu ne veux surtout pas en être.

Et si en plus tu as la chance de te produire sur scène et d'être acclamé par une foule, même petite, là c'est le pied, tu ne touches plus à terre.

Ne va pas gâcher ça. Ne te laisse pas entraîner par des *cools* dans un party où il y a encore plus de *cools*. Le *cool* peut te massacrer le temps de le dire. À coups de bonne humeur, il te détruit la tienne et le reste. Il fait des ravages. Et s'il a pris de la coke, c'est pire. Tout son amour réside dans le désir du plus *cool*. C'est exactement comme si tu faisais un mauvais rêve dans lequel tu te retrouvais à l'adolescence avec des personnes qui sont bien trop avancées physiquement pour leur âge. Tu t'ennuies incroyablement de Pat. Tu te trouves bien con de ne pas être rentré tout de suite à la maison. Tu ne te trouves pas *cool*.

PAT

Flave doit s'asseoir inconfortablement, au bout du banc, pour bien poser ses pieds sur les pédales. C'est le dos sur le dossier ou les pieds sur les pédales, elle doit choisir. Le designer de ce pédalo est un incompétent, je le noie. Et celui du soulier plateforme mériterait la pipe, si cette mode n'avait pas disparu aussi abruptement qu'elle est apparue, si elle ne ressemblait pas à un soulier plateforme dans le ciel, justement, Flave s'y adonnerait encore. Elle n'aurait pas de problème de grandeur en ce moment.

J'accélère la cadence sans prévenir. Elle adore ça comme une trisomique. On pond dans notre sillage du gros bouillon que Jésus observe avec intensité. On se met d'accord sur une chose, avoir chaud, le plus possible, suer comme deux épaisses, pour mieux se baigner ensuite, que ce soit bon, bon, pour se sentir soulagées comme des tisons éteints.

Ça y est, on a atteint le point de se jeter à l'eau. Flave saute, disparaît, et resurgit comme une bouée à laquelle bien des vauriens voudraient s'accrocher. Elle m'affirme que je ne sais vraiment pas quel plaisir je m'apprête à manquer, parce que j'ai ôté ma veste et je n'aurais pas dû. Je plonge comme dans *Blue Lagoon*, moi.

Je suis vêtue d'eau, le lac est ma robe, beaucoup trop grande, je m'y perds, à la fin. Quand je la retrouve toute souriante à la surface, je me dis que c'est fou ce que peu peut la satisfaire et beaucoup, lui déplaire.

JAN

Les fesses de Pat peuvent prendre toute la place dans ma tête, la remplir. C'est aussi bête que ça. Elles ont leur vie propre, pensent. On pense donc à elles en retour. Je crois que ça en dit assez.

Si Pat me laissait, il faudrait qu'elle me les laisse, au moins. Ce serait la moindre des choses. Elle a assez contribué, en les mettant souvent en évidence, à me rendre obsédé. Elles constituent l'un de ses pouvoirs indéniables, relatifs et absolus. Quel qu'en soit le contexte, l'être, le temps, l'espace : ses fesses.

Si Pat me laissait, j'aurais deux, trois deuils à faire en même temps...

Plutôt douze, treize.

Son popotin n'est qu'un exemple.

Si Pat me laissait, ce serait encore plus difficile que lorsque je l'ai quittée. Je comprends pourquoi j'ai fait ça – la perception. Elle s'était transformée en monstre.

FLAVE

Ce n'est pas une mère, ça, celle qui réussit à te convaincre d'aller sur la planche de deux garçons sauvages qu'on vient de rencontrer sur une route d'eau. Elle m'a dit que ça me ferait du bien, elle m'a menti. Elle m'a dit que ce serait drôle, elle m'a menti. Elle m'a dit que je ne risquais rien, elle m'a encore menti. Je risquais de me tanner assez vite et de me laisser tomber à l'eau comme si j'étais morte, c'est ce qui est arrivé. Je me sens mieux maintenant, contrairement aux garçonnets. Je leur ai volé leur bonheur; leur bonheur, c'était moi. Ils veulent me récupérer, ils me prennent pour une chose flottante, ils m'énervent déjà même si je ne les connais pas. C'est toujours ce qui arrive dans la vie. Les autres sont fatigants parce qu'on ne les aime pas.

Ils ont décidé de m'escorter, ils ont décidé que je voulais faire la traversée du lac du Ciel, ils déforment toutes mes intentions. Je veux seulement retourner au chalet comme une petite chienne qui nage en petite chienne. Ma veste m'empêche de pratiquer le beau crawl que j'ai appris dans mes cours de natation archi-plates. C'est beaucoup trop d'affaires plates à mon goût. Je ne pourrais pas compter toutes celles que j'ai faites dans ma vie avant d'arriver au chalet, il faudrait que je fasse trois autres longueurs de lac au moins, trois grandes affaires plates de plus à compter.

JAN

J'avais abdiqué, baissé pavillon. Vaincu par la force, la beauté, la méchanceté de Pat, combinées. Elles ont eu raison de moi. Je leur ai laissé mon corps, mon être. Je n'en avais comme plus. C'est ce qui arrive. J'avais disparu. J'avais été volé à moi-même. Il était temps de me retrouver, de retrouver ma matière, mes contours, mes formes. Et de les pousser plus loin, de les repousser. Il était temps de m'agrandir. Et plus que temps de revenir.

PAT

J'ai débarrassé Jésus de sa veste de sauvetage, ç'a eu pour effet qu'il se sente assez en sécurité pour quitter le pédalo d'un bond et aller à la rencontre de Flave au pas de nage. Devant elle, il a fait demi-tour, son corps s'est courbé comme celui d'une loutre. J'ai vu ça, je l'ai retenu. Ça s'est rangé parmi d'autres souvenirs, mais ça ne se démarquera, ne s'imposera, ne durera sûrement pas. Ça ne deviendra pas un symbole de ma romance. J'aimerais bien que soit supplantée l'empreinte de mon chat tigré qui se fait frapper – j'entends encore ses cris d'agonie, six ans plus tard.

C'est beau de les voir nager ensemble, bien trop beau pour qu'ils remontent à bord, bien trop beau pour des laites comme nous autres, hein? C'est ce que je dis aux deux garçons qui forment, sur leur planche à voile sans voile, de l'autre côté de Flave et Jésus, le pendant pêche à la moule de l'escorte. Puis je leur pose mes questions de routine comme : « Êtes-vous orphelins ? », qui doivent énerver Flave au plus haut point puisqu'elles m'énervent moi-même. Ils répondent sérieusement, nerveusement, comme s'ils participaient à un concours. « Il n'y a pas de mauvaise réponse, les gars. »

Ce n'est pas mêlant, je dois leur plaire, leur apparaître comme un rêve de femme en chair et en os, rien de moins, la tante qu'ils aimeraient avoir : me voici.

Normal que je n'aie pas encore corrigé cette fâcheuse tendance érotomane, il y a toujours, où que j'aille, des mâles pour m'admirer. Il faudrait que je me défigure avec un tesson de bouteille, et encore.

Mais j'ai déjà été naïve, trouvé combien était gentil l'homme qui me parlait, comme ça, sans raison, dans le métro, quand je revenais du collège L'Assomption. Jusqu'à ce qu'il m'agresse. Si ça se trouve, il me voit encore, m'entend encore pleurer, me fait encore la même chose, et bien plus, dans sa tête.

FLAVE

Elle n'a pas pu s'empêcher de les inviter à manger des hot-dogs sans ma permission.

Ma récompense prochaine pour avoir nagé tout ce temps sera deux garçons que je ne connais pas qui ressemblent à deux grandes saucisses qui imitent celles qui sont dans les pains. Et tout ce grand bonheur me sera offert par nulle autre que ma mère. Merci, c'est bien trop !

« Ma », « mère », « ma », « mère », « ma », « mère »…

Chaque fois que je donne un petit coup de patte droite de petite chienne qui nage, je dis « ma ». Et chaque fois que je donne un petit coup de patte gauche de petite chienne qui nage, je dis « mère ».

Les sauvageons doivent me trouver bizarre. Et ils doivent la trouver bizarre de ne pas me trouver bizarre. J'espère que ça les convaincra de ne pas venir manger avec nous.

PAT

Je ne suis pas toujours facile à vivre, Flave, je sais, et ce n'est pas qu'un style que je me donne, malheureusement.

Imagine-moi poursuivie par un fantôme fumeur qui veut absolument me brûler avec sa fausse vraie cigarette. Je dois l'en empêcher.

Prends ça comme un jeu vidéo personnel dont j'aurai de moins en moins besoin au cours de ma vie. Car le fantôme fumeur souffre d'un cancer des poumons, son état s'aggrave de façon exponentielle; il va crever bien avant moi, je te le jure. On va l'enterrer ensemble dans un cimetière fantôme, on se soûlera bien comme il faut, on criera comme des Indiennes : « hou, hou, hou, hou, hou, hou, hou! »

FLAVE

J'espère que Jan a vu avec les longues-vues et compris tout le drame qui se passait dans l'eau et que ça le convaincra de m'accueillir avec une belle grosse serviette en ratine au parfum de savon qui n'est pas le nôtre. Je mérite d'être traitée comme une orpheline sauvée. Et je parie que parce que c'est ce que je veux, ça n'arrivera pas.

D'abord j'efface tout, je ne souhaite plus rien, je retire tous mes vœux en fermant les yeux. Quand je les rouvre, j'ai ce que je vois seulement. J'ai mes bras, j'ai l'eau, j'ai Jésus, et j'aurais ma mère et deux sauvageons si je les voulais.

PAT

Je ne permettrais tout de même pas que Flave nage aussi longtemps sans son gilet de sauvetage. Je ne suis pas déraisonnable à ce point. On a beaucoup trop vu de films où quelqu'un se noyait en coulant à pic au grand dam de celui qui reste en vie. Je n'aurais qu'à regarder assidûment Super Écran cette semaine pour tomber à coup sûr sur un film où quelqu'un se noie en coulant à pic au grand dam de celui qui reste en vie.

Ce ne sont pas les projets qui manquent et qui sont aussitôt interrompus pour d'autres raisons que la paresse. Niaiser au carrefour des réalisations est l'une des activités que je préfère. Rester là, au milieu de l'étoile, de l'étoile que forme ce qu'on a déjà fait et ce qu'on n'a pas encore fait. Là, je rote et dis : « Amen ».

JAN

Je n'aurais aucun mal à distinguer Pat dans une longue, longue file de filles nues qui portent un sac sur la tête. J'y parviendrais même les yeux bandés, sans problème. Ce serait seulement un peu plus long. Il faudrait tâter tous ces corps qui précèdent le sien. Le sien, je m'y arrêterais. Je le tâterais, le tâterais et le retâterais. Comme si c'était plein de corps enchâssés.

PAT

Les garçons et moi allons à la vitesse de Flave, c'est-à-dire très lentement. En fait, on s'empêche d'aller plus vite, sans toujours réussir. Elle a catégoriquement refusé de s'agripper à la corde d'amarrage du pédalo que je lui ai lancée dessus sans faire exprès – mes maladresses s'additionnent. C'était un excellent compromis, on trouvait. Elle a aussi catégoriquement refusé que ce soit un excellent compromis. C'est elle la boss, son pouvoir est son humeur, et elle nage *contre nous*, voilà ce qui se passe.

Je suis sûre et certaine à 93 % qu'elle doit l'adorer, son Jan, en ce moment, ne regrettant même pas de l'avoir haï maintes et maintes fois. Lui n'a rien fait pour ça, j'ai tout fait.

JAN

On se repose aussi un peu des tentations, ici. De toute façon, on a appris à ne pas les prendre au sérieux. On l'a appris sur le tas. Il le fallait, semble-t-il. Bien trop souvent elles se transforment en bouette dans l'estomac. Presque tout le temps elles nous mettent dans un joyeux embarras. Mon exemple par excellence est l'histoire d'une fille qui prenait du plaisir dans le style de

L'exorciste. Celui de Pat est la fable d'un quarantenaire qui pleurait de bonheur sans plus pouvoir s'arrêter. La véritable jouissance est de le raconter à la personne qu'on aime, après. Disons, bien après.

Les autres nous ont fait découvrir qu'on s'aimait encore plus qu'on pensait. Et on leur dit : « Merci beaucoup ! »

FLAVE

Ça y est, j'ai réussi, j'ai traversé le lac à la nage, félicitations ! Je peux me serrer la main avec l'autre, maintenant. Et dans une semaine, je pourrai raconter ça à mes amis qui voudront tous être moi. Je suis la plus chanceuse au monde.

Mon premier exploit a été réalisé dans des conditions de vacances difficiles. On peut mettre un crochet dans la case à côté. Je me demande bien quel sera mon deuxième exploit, sûrement pas manger des hot-dogs en compagnie de deux garçons qui étudient bien plus les matières qui n'existent pas que celles qui existent. Je pourrais toujours raconter un gros mensonge en disant que c'est moi, celle qui a jumpé dans le lac en bicycle. Ce bicycle était bien plus de ma grandeur que de celle de ma mère, de toute façon.

Je suis sûre que mes amis ont super hâte que je leur dise des choses grosses comme le bras parce que sans ça, ils s'endorment. Ensuite ils se moquent d'Amélie Girard parce qu'elle ressemble à un mammouth. C'est insensé. Ils me découragent vraiment même s'ils sont loin. Ce n'est pas moi qui devrais être leur amie, mais les deux petits troncs nus qui ne réussiraient même pas à cacher Amélie Girard s'ils se mettaient l'un à côté de l'autre après avoir mangé tous nos hot-dogs.

PAT

C'est le genre de garçons qu'on voit marcher sur l'accotement de la grand-route, à deux pieds des camions qui roulent à 120 kilomètres à l'heure, à deux pieds de la mort. J'aime ces garçons. Ces frères de *tan*.

Je ne les distingue pas trop pour l'instant, je m'amuse même à les confondre, à brouiller ma vue, plisser les yeux, à voir deux silhouettes, des jumeaux. Mais maintenant que c'est fait, je n'en ai plus envie, je veux que chacun ait sa vie propre, son identité, sa couleur, son odeur, sa saveur. Je veux qu'ils se battent pour la défense de leurs traits distinctifs.

L'un habite au village et l'autre, non. L'un a un grain de beauté sur la joue et l'autre, non. L'un s'appelle Stevens et l'autre, non. L'un donne une petite claque à l'autre, et l'autre, un petit coup de poing. L'un dit « heye », l'autre dit « fif ». Et tous deux rougissent parce qu'ils se sont un peu emportés devant nous, comme lorsqu'ils sont seuls.

J'ai beau comme une démone aider Stevens à fouiller dans son arbre généalogique, on ne lui trouve aucun parent proche ou éloigné qui serait d'origine anglo-saxonne. Il est le premier de sa lignée. Il ne doit pas avoir honte, et, pendant qu'il y est, il pourrait me fournir des détails pertinents sur l'apparence physique de ses parents, leur tenue vestimentaire, leurs hobbies, etc.

— Maman, arrête !

Flave en a mis du temps, avant de réagir.

JAN

J'avais leur âge. Une ronde faisait rage. Je n'en faisais pas partie. Personne ne m'intégrait. Personne ne lâchait la main de personne pour prendre la mienne. J'ai frappé mon meilleur ami au passage.

Il saignait du nez. Je l'ai raccompagné chez lui. J'ai regardé sa mère le soigner, le tamponner. Je l'aimais vraiment, maintenant que je lui avais donné un coup de poing.

*

Je suis allé embrasser Pat. Je l'ai surprise, elle n'était pas prête. La plus *trash* de la gang, elle peut avoir des retenues, des réserves. Aucune langue n'a dépassé.

Je reprends ma place sur le banc rival de la table à pique-nique. Les filles d'un bord, les gars de l'autre. On peut bien vivre un peu comme ça, séparés, classés. Le besoin de se mélanger n'apparaîtra que plus nécessaire.

On parle de nos habitudes de vie respectives. Des fois, les filles se comparent aux gars et vice-versa. Des fois, les jeunes se mesurent aux vieux et vice-versa. Flave n'aime pas ça.

Elle tait toute son expérience du *night life* pour les 14 ans et moins. Elle a même déjà été DJ dans une soirée. Elle vit comme une adulte dans un réseau parallèle. Lui demander d'en témoigner serait une façon bien trop facile de l'agacer.

Pat quitte son banc. C'est pour venir m'embrasser bien mieux que tout à l'heure Elle a regretté, je la connais. Elle ne pouvait plus tolérer d'avoir laissé cette image de non passionnée. Elle se reprend. Nous donnons l'exemple aux jeunes.

FLAVE

Quelque chose ne fonctionne pas du tout. Je devrais être en vacances, en vacances de vacances même, et je me retrouve en train d'éduquer deux pots de colle. La seule chose que je voudrais qu'ils comprennent bien, c'est comment partir d'ici. Simple, les gars. Vous marchez comme des somnambules jusqu'à votre planche, vous montez dessus, vous faites marche arrière, vous tournez à gauche ou à droite, vous choisissez un point de l'horizon, et vous allez jusqu'à lui. C'est là qu'il est caché, votre trésor.

Je suis capable de faire des devoirs jusqu'à minuit, je suis capable de faire du bénévolat, je suis capable d'avoir mal. Mais eux, je ne suis plus capable…

JAN

On assiste au match des étoiles. La mère affronte la fille.

— Flavie chérie, ça peut être très enrichissant de te tenir avec des personnes qui ne sont pas ton genre.

— Je fais juste ça.

Les petits gars ne savent plus où se mettre. Je veux les aider en les invitant à jouer à la pétanque avec moi. Ils acceptent, mais je me rends compte qu'il s'agit d'une échappatoire. Il est beaucoup plus facile de quitter une partie de boules en l'air non entamée qu'une table à pique-nique infestée de filles. Il suffit, une fois debout, de ne plus avoir envie de jouer, c'est tout.

Je les raccompagne jusqu'au quai pendant que les *girls* continuent d'argumenter.

Leur planche à voile sans voile est stationnée entre le canoë et le pédalo. On a là une belle marina. Le canoë est au *cruiser* ce que le pédalo est au yacht de luxe. La planche à voile sans voile... je ne sais trop. Elle est longue, en tout cas. Deux préadolescents peuvent s'y étendre l'un derrière l'autre, sans dépasser.

Ils sont très bronzés et roulent les bras comme s'ils fuyaient Cuba.

— Attention aux requins, les gars !

— O.K., docteur !

Notre sexe qui s'en va, mon chien. Qu'allons-nous devenir !?

*

— Ce que tu ne reconnais pas, chérie, c'est que je t'ai aidée à les faire partir. Tu devrais me remercier.

— La différence entre toi et moi, c'est que si j'avais pas été là, ils seraient restés.

— Si t'avais pas été là, je les aurais pas invités.

— Je suis pas sûre de ça, moi.

— Moi non plus, que j'ajoute.

PAT

Ils pourraient partir vivre avec les loups, ces deux-là. Jan et moi irions les visiter, nous leur apporterions de gros morceaux de viande de chez Métro. Ma fille ne vivrait pas dans un ashram aux Indes, elle vivrait dans le bois avec les loups. Je penserais à elle comme à une déesse sauvage que j'aurais engendrée, et je penserais à moi, au phénomène que je suis, confiné aux apparences, aux apparences d'une vie comme une autre, humiliantes. C'est assez bizarre que j'existe aussi fort et que quelques-uns seulement s'en soient rendu compte.

L'important, que j'ai dit à Flave, est qu'elle ne mette jamais son visage près de celui de Jésus lorsqu'il cauchemarde. Carole Lesieur en sait quelque chose, elle qui s'est fait défigurer par le labrador si gentil qu'elle avait depuis dix ans. La nouvelle s'est répandue dans le parc à chiens comme une traînée de poudre, mais nos toutous continuaient à se chamailler joyeusement, incorrects.

Si ces Julien et Stevens savaient avec quelle fureur ma fille met son chien au-dessus d'eux, ils abandonneraient probablement le projet de la connaître. Ou bien ils s'y prendraient autrement. Histoire à suivre.

J'ai dû les inviter par curiosité, pour voir ce qui se passerait, comment elle les traiterait mal. Il faudrait peut-être que j'arrête de me venger par procuration, que je m'en prenne plus directement à cet homme, là-bas. Il possède ce quelque chose, une sorte de magnifique pénis intérieur que je ne réussirai jamais à lui voler; mais rien ne m'empêche d'essayer.

FLAVE

Je dois retenir Jésus pour ne pas qu'il aille manger tout cru l'amour de maman et de Jan qui se battent. Il ne faut pas déranger les vedettes.

Il paraît qu'ils ont des comptes à régler, qu'ils sont en train de payer avec l'argent du mal et de la douleur. Traduire ce qu'ils disent est une autre sorte de combat, un combat de tous les sept jours de la semaine.

Maman étrangle Jan qui récite une prière que je ne connais pas pour montrer qu'il parle comme lorsqu'on a respiré de l'hélium. C'est beau, l'amour. Même si Jésus est à côté de moi en train de baver et d'avoir le feu au cul, il est bien plus avec eux en train de se battre. Je dois toujours lui repeser sur le derrière pour qu'il s'assoie comme tout le monde pendant que ça passe.

Je pourrais facilement déclarer que Jan vient de perdre un point parce qu'il a pogné le sein de ma mère, mais je préfère qu'ils pensent que ça ne me dérange plus qu'ils se touchent encore devant moi. Oups, j'ai échappé Jésus !

JAN

Elle me fait suer avec son passé. Elle a cette façon de le couvrir, de l'enterrer comme un trophée. Un trophée dont elle est fière de ne pas être fière. Quelque chose comme ça. Si je le trouve, je vais le lancer contre un mur. Ses ex, insectes des profondeurs, sortiront par la cassure. Je les écraserai avec le pied. Je n'en laisserai aucun s'échapper. Une extermination pure et dure.

Bien oui, elle vient de loin. C'est une rescapée. Elle est bonne. Bien non, je ne sais pas ce qu'elle a vécu. Je suis pourri. Non seulement je n'ai pas vécu ce qu'elle a vécu, mais je ne sais même pas ce qu'elle a vécu. Je fais vraiment pitié.

PAT

On dirait bien que Jan me considère comme une criminelle de l'amour en probation. Une timbrée affective qui se contrôle pour ne pas se faire larguer. Sa méfiance n'est plus ce qu'elle était, c'est-à-dire totale, mais il reste quand même place à l'amélioration.

Tout le monde fait des efforts, on est bons, on monte à cheval sur le dos du bonheur, vroum ! La prochaine fois qu'on chute, par contre, j'aimerais beaucoup qu'on le fasse ensemble, qu'on reste par terre, démembrés, à moitié nus, morts, enlacés, un peu de boue sur les lèvres.

On pourrait se tuer, un jour, quand Flave sera grande, à tout le moins essayer, se couper les veines juste pour voir ce que ça fait. Seule, je n'en ai jamais eu le courage. Je blague, tu vois bien, tu me connais, tu sais de quoi je ne suis capable qu'en paroles. Tu me laisses faire, merder toute seule, tu me donnes un bec, bonne attitude, tu vas faire du bricolage musical sur ton ordinateur. Là j'ai peur de te perdre, d'avoir abusé, je me retrouve seule avec mes défauts, qui ne me tiennent vraiment pas bien compagnie. Je vais te rejoindre dans le bureau, me racheter, tu m'attendais, m'avais vue venir, tu ris de moi, je t'aime.

Moi, ce monde merveilleux de feu de forêt dessous des glissades d'eau, tu ne saurais t'en passer. Réessayer serait très présomptueux de ta part, je trouve. Tu as compris, n'est-ce pas? Ta vérité, c'est moi, d'accord, on s'entend. Et si tu te remets à en douter, viens plus près, viens me voir, je vais te réapprendre qui je suis pour toi, ça va être laid.

*

Tu auras droit à tout mon attirail physique promotionnel quand tu reviendras de ton expédition de canoë avec Jésus – ce chien a le pied marin, ma foi. Mais seulement si je me trouve encore dans cet état de disponibilité aiguë à toi. Sinon, tu auras droit à moins, c'est tout, et c'est probablement ce qui arrivera, puisqu'un pic est un pic, ne dure pas. Tu ne sais pas ce que tu manques pendant que tu te balades sur le lac comme un retraité. J'espère que tu n'es pas, puéril, en train de te dédommager de ce que tu n'es pas venu en pédalo avec nous tout à l'heure. J'espère que, les regrettant, tu es parti à la recherche de tes amis Julien et Stevens.

JAN

Jésus fait la vigie à l'avant du canoë. Il est très attentif. Parfois il bouge la tête brusquement, même si rien de spécial n'est advenu. Les animaux font ça. Nous, on écrit des poèmes.

Je l'arrose en tapant l'eau avec la pagaie. Il est tout à fait intrigué. Je recommence. Ça ne suffit pas à lui faire saisir l'astuce. Je recommence encore, alors. Je le niaise.

Quelques coups de pagaie à l'envers nous entraînent dans une rotation de 180 degrés *subito presto*. Il se demande encore ce qui se passe en se promenant dans le paysage d'arrière-plan.

Je nous ai enlignés sur le chalet. Ce n'était pas mon intention.

Partons à l'aventure, mon chien. Montrons aux filles de quelle découverte nous sommes capables. Revenons au bercail en héros. C'est ça, oui, continue d'observer l'eau, et jappe trois fois si t'aperçois rien bouger.

FLAVE

Pendant que Jan et Jésus parlent de leurs problèmes d'hommes sur le lac, les filles profitent de leur liberté en faisant le tour du lac à pied.

Tu parles d'une liberté, toi! Ce n'est pas parce qu'un lac est rond et pas très grand qu'on est obligées de marcher autour. On aura un tour plate du lac de plus, après. On sera revenues exactement au même endroit que si on avait dormi, à la place.

Je croyais ma mère bien au-dessus de ce genre de choses pour tout le monde. C'est pour rire, qu'elle me dit, et on ne rit même pas. On est tellement sérieuses que les animaux n'ont même pas peur de nous. Le petit suisse qui vient de traverser le chemin doit penser qu'on est en train de mourir.

Ma mère prend un bâton par terre et croit qu'il pourrait m'aider à passer ce moment difficile. Il est bien beau, mais il serait beaucoup plus utile dans la main d'une personne âgée. Je lui redonne.

C'est elle qui m'a montré à quels moments il fallait rire dans un film français abstrait. Elle pourrait peut-être me montrer où rire dans le bois. Je lui demande si l'arbre tout croche, là-bas, mérite qu'on rie.

— C'est toi qui es drôle, qu'elle dit, avant de lancer de toutes ses forces le bâton en direction de l'arbre croche.

PAT

Le mec est venu me baratiner dans les gradins de la Grande Bibliothèque. Ce n'est pas le seul; c'est le seul qui portait une tuque, une tuque d'extérieur à l'intérieur, une tuque à 23,2 °C, si l'on en croit le formulaire d'information sur l'établissement.

Je n'entendais rien à ce qu'il me disait parce que c'était tellement compréhensible. Ses lèvres remuaient pour rien et sa tuque captait toute mon attention. Il me dégoûtait vraiment avec sa fausse confiance en lui. Je me suis mise à l'apprécier au moment où je l'ai élu symbole du beau garçon répugnant. Je ne voulais même plus qu'il s'en aille, c'est pour te dire.

Le soir même, il pouvait aller continuer de flirter, mais dans un bar où plein de midinettes rêvaient d'embrasser son pénis couvert aussi d'une tuque.

Tout de même curieux qu'une même personne puisse être à la fois suif pour certains, sang pour d'autres.

Les vies se croisent, s'accrochent, se suivent, s'éloignent, se font la gueule, la guerre, etc. C'est vraiment excitant, je trouve. Vois-tu les milliards de lignes sur la main du monde!? La tienne, la mienne, les autres. Tout un spaghetti...

Mes petites histoires existentielles n'intéressent pas trop ma fille. Je devrais plutôt les garder pour Jan, il en raffole, il en mangerait toute une nuit blanche si je ne finissais pas par m'endormir pendant qu'il me raconte les siennes.

Il pense, cherche, trouve ou pas, devant moi, il se gratte la tête, cherche encore, il est touchant, beau, il veut être plus heureux encore. Je me blottis contre lui, c'est comme un calorifère vibrateur, je suis vraiment bien, je m'endors. Au matin, je m'éveille et il n'est plus dans le lit, il n'est même plus dans l'appartement, il n'est nulle part. Il m'appelle en après-midi d'une cabine téléphonique, me dit qu'il n'a pas encore dormi, qu'il n'a pas cessé de réfléchir et qu'il doit me parler, me quitter.

Flave aime que je lui raconte l'histoire de notre rupture, plutôt que celle de notre rencontre. Elle ne s'explique pas cette préférence, pas plus qu'à moi : c'est comme ça.

JAN

Pat m'en veut parce que je l'ai rendue amoureuse. Je l'ai abaissée à l'amour, la pauvre. Buvons à cela. Je suis bien content de défaire ses plans de vamp. Lorsqu'elle a reçu ce coup de baguette magique, moi, elle n'a plus vu la vie de la même façon. Buvons aussi à cela ! À ma grandeur. Cultivons ma grandeur, pendant que c'est possible. Pendant que je suis seul, avec mon chien. Que d'autres ne me rapetissent pas.

Allez, Jésus, un petit effort. Tu n'as qu'à étirer le cou. Étire le cou. Bois dans le lac, le gros bol. Tu le fais toujours. Fais-le maintenant. Tu es capable.

J'ai arrêté de pagayer. Je laisse glisser le canoë sur l'eau pendant que la bière coule dans ma gorge. Ensuite, je serre la bouteille entre mes cuisses comme à l'époque où c'était toléré en voiture. Et je reprends ma rame de plus belle, à deux mains. Dans les faits, tout va bien. Mais j'imagine des choses. J'imagine la bouteille m'éclater entre les jambes, me démolir l'entrejambe. J'ai presque mal. Voyons !

Il faut toujours que le malheur ait son petit mot à dire, hein ? Il faut au moins qu'il accapare l'esprit et se mette en scène dans l'accident de notre phobie. Il nous a étudié, il nous connaît, il sait comment exploser en nous. Il veut nous signifier qu'il existe. On a compris, tu peux arrêter, merci !

À bien y penser, ça fait un méchant bail que je ne me suis pas pété la gueule. Physiquement, s'entend. Psychologiquement, on n'en parle pas. Un début de vie de genoux ensanglantés a laissé place au calme plat en matière de mutilation. Je dois être mûr pour un bel accident.

S'il n'y a jamais eu de mortalité dans votre famille, dites-vous bien qu'il y en aura prochainement.

Je me suis tout de même fait bobo au dos cet hiver. Cela, sans le concours d'un objet ou d'un semblable. Comme un grand. J'ai dû manœuvrer mon corps de façon incorrecte. C'est arrivé.

Pat était aux petits soins avec moi. Je réalisais le fantasme du macho. Disons que j'avais besoin d'un chaudron dans l'armoire du bas ; je levais le doigt et elle le prenait pour moi. Pour dire que, pendant cette convalescence de deux jours et demi, j'ai souffert plus des apparences que du dos.

N'était-ce pas un beau témoignage, ça?

PAT

Tu ne peux pas savoir quel effet me fait l'homme en jean qui ramasse un crayon sur le trottoir un vendredi à 15 heures 40. Je lui ai dit : « Hum, beau crayon! » C'est sorti tout seul comme la plupart de mes paroles. Nous avons marché côte à côte sans trop nous parler au début, comme dans la recherche d'un mot divin, qui n'est jamais venu évidemment. On n'en avait pas besoin de toute façon. Pour la première fois je rencontrais un gars dans la rue qui deviendrait autrement important qu'un gars dans la rue. C'était nouveau, futuriste. Il a bien fallu que je me rende à l'évidence que Jan était le cadeau que je recevais pour tous mes efforts auto-analytiques anarchistes. Il fallait l'accepter.

Tu sais, il n'est pas toujours facile de recevoir un cadeau, il peut être lourd dans tes bras, tu peux être incapable de le soulever, tu peux aller jusqu'à lui donner un coup de pied…

FLAVE

J'appelle ma mère « ma mère » parce qu'elle m'appelle « ma fille ». Par chance, Jan, loin d'ici, ne peut pas gâcher notre jeu du dix-neuvième siècle en la nommant « mammaire » vis-à-vis de son sein pour la je ne sais combientième fois.

La règle mathématique de la mauvaise blague est : Plus elle est mauvaise, plus elle doit être répétée souvent. Il faudrait bien que je me décide à essayer. Il paraît que ça fait du bien en même temps que ça fait du tort aux autres.

Si on n'était pas intelligentes, on pourrait penser que Jan est idiot. Il ne sortirait sûrement pas avec ma mère, il ne serait sûrement pas mon beau-père.

Une personne serait comme un cadeau qu'on développe, d'après ma mère. Elle ne veut surtout pas que j'aille croire qu'elle a voulu parler du déshabillage même si tout le monde sait qu'elle est cochonne. « Détrompe-toi, ma fille ! »

JAN

Le canoë, mon arme transcendantale. À l'avant, Jésus, de dos, m'offre une mire parfaite : sa tête ornée de ses oreilles qui pointent vers le ciel. Il n'y a pas de doute, je dois aller là-bas. C'est comme dans la chanson *Vas-y donc*.

Arrêter de ralentir. Arrêter de freiner Arrêter d'arrêter. Arrêter de s'enfarger exprès pour gagner du temps. Porter les œillères du courage. Foncer. Ramer. Allez, Janis, rame donc, à défaut d'avoir un beau prénom !

FLAVE

Je suis tannée de jouer à « ma mère » et « ma fille ». Il faut dire que ce n'est pas la première fois qu'on joue.

Ça donne le vertige, ça donne faim, ça ne donne rien. Je ne veux pas qu'on devienne nos personnages et qu'il soit trop tard. Je veux redevenir vraie. Je veux être vraie comme mon corps. Je veux qu'on se dise des choses qui ressemblent à celles qu'on achète au dépanneur.

PAT

Flave m'accuse de lui avoir transmis mes expériences négatives et de l'avoir influencée à haïr plein de choses non haïssables comme les chapeaux. C'est une grave accusation, ça, je trouve. « Oui. »

Si elle avait une autre mère que moi, sa garde-robe en serait remplie, et elle en porterait un en ce moment même, c'est certain.

Ce n'est pas de ma faute à moi si ceux que j'ai connus qui le privilégiaient auraient dû changer ou naître différents.

Aux ex et aux petits poseurs de la Grande Bibliothèque s'ajoutent mes anciens congénères qui avaient l'habitude de jouer au *chapeau*, justement. Celui qui faisait une faute de français devait porter le bonnet ridicule qu'une fille super impliquée dans la vie étudiante avait pris soin d'apporter. Wow! Laisse-moi te dire que la seule erreur était d'être parmi eux, et la seule bonne réponse était de partir tout de suite.

Ensuite, tu remets sérieusement tes études en question. C'est que tu as l'impression de vivre dans une secte, que tes professeurs iraient aussi jouer au *chapeau* s'ils en avaient le temps. On se sent vraiment seule parmi les fanas du Savoir. C'est lui leur gourou. Et quand tu as le malheur de parler dans son dos, tu es ostracisée, même si tu continues d'avoir les meilleures notes.

Alors, ne me demande pas d'aimer les chapeaux, ma fille!

JAN

Lorsqu'on accostera et foulera le sol de ce domaine aux allures parapubliques, on aura peut-être, qui sait, trouvé un autre endroit où ne pas mettre les pieds. Même en tant qu'adulte, on continue d'en trouver. Ils sont différents de lorsqu'on était enfant. Ils sont bien plus vicieux. Ils ont bien moins l'air de pièges.

Jésus s'est mis debout, les pattes de derrière sur le banc, et celles de devant sur le rebord en aluminium. L'art de s'introduire quelque chose entre les coussinets. J'ai le choix : soit j'accélère pour qu'il revole par-dessus bord quand la coque accrochera le fond, soit je nous laisse glisser tout en douceur.

En auto, il n'a pas encore appris à éviter de tomber dans le petit dépotoir qui se trouve entre le dossier avant et la banquette arrière. Je freine sec, parfois. Il se relève et continue sa vie de chien.

Mais maintenant il bondit hors de l'embarcation, comme si des spectres canins l'avaient prévenu de l'imminence de la secousse. Je la vis seul.

PAT

Dis-moi plutôt, ma fille, que les gens s'ingénient à me décevoir, d'accord. Et c'est sérieux. Je crois qu'à leur naissance ils ont reçu ce mandat et qu'ils ne s'en souviennent même pas. Si au moins ils s'en souvenaient, ça serait moins cruel pour tout le monde, je ne perdrais pas mon temps à leur donner le bénéfice du doute, et ils ne seraient pas là à croire en mon affection.

Non, tu ne me déçois pas, toi, si c'est ce que tu veux savoir. Toi, tu es ma princesse, tu es le contre-exemple de la déception. Toi, je t'aime, final bâton. Mon amour pour toi est en béton armé, scellé et barbelé jusqu'à la fin des temps. C'est ton bunker, ma chouette, tu comprends !?

J'aime aussi Jan, j'aime Jésus, j'aime Juliette et son frère, j'aime Mémé, j'aime Sandrine, j'aime Sylvain, Marie et Léo, et j'aime même France, lorsqu'elle n'est pas fatigante. Tu vois bien que je sais aimer.

— Papa, lui ?

— Charles !?

Mon réflexe serait de me dégraisser la langue sur son souvenir, mais il s'agit de ton père biologique, tout de même. Avec lui tu passes le plus clair de ton temps une semaine sur deux quand il peut. C'est lui qui te donne l'exemple de l'adolescente à ne pas devenir. Je ne voudrais pas te l'enlever… Changeons de sujet, je t'en prie.

— D'abord, est-ce qu'aimer est la même chose que pas être déçu?

— Bonne question. 10 sur 10. Viens donc ici, toi, que je te montre que je suis fière de toi…

Je sais, je suis quétaine, mais on a bien le droit de l'être, des fois. On n'est pas obligées d'être post-postmodernes à chaque fois qu'on respire, tu sais. On peut bien profiter un peu du fait qu'on est seules, toi et moi, les seuls témoins. Ce sont nos affaires, n'est-ce pas…

— La dernière arrivée est une tapette!

FLAVE

On court comme deux perdues au milieu de nulle part. Si quelqu'un nous voyait, il penserait que ma mère saigne du vagin et qu'un ours nous poursuit. Rien de ça. Nous avons juste hâte d'arriver en haut de la côte.

Elle me dit de ne pas rester au milieu du chemin, de me tasser sur le bord. On dirait une policière de campagne à pied bien trop belle pour être ma mère. Elle veut me protéger des autos, des motos, des quatre-roues, ces prédateurs en métal. Elle me donne la preuve de l'amour qu'elle m'a dit tout à l'heure.

JAN

Personne ne vient vers nous. Mais personne ne nous chasse. On peut s'estimer chanceux. Et ce sable, ensuite ce gazon ne semblent reliés à aucun système d'alarme. Ils sont reliés au reste de la Terre. Ils couvrent le sol d'un contrebas paradisiaque. Un grand jardin isolé. Une sorte de révolte de la nature. Contre l'escarpement.

On va se renseigner auprès d'une fille qui a peut-être mon âge, mais qui paraît plus vieille tout en resplendissant de jeunesse. C'est compliqué, mais c'est ainsi. Disons qu'un vent d'énergie sympathique nous porte jusqu'à elle.

— C'est quoi, ici ?

— Un ranch.

Ça ne paraît pas. Aucun cheval visible. Ils sont là-haut sur le plateau. Ils galopent, paissent ou chient au-delà du cap de roche. On peut commencer par les imaginer. De gros, gros chiens, Jésus, tu n'en auras jamais vu d'aussi gros.

Chantal, c'est son nom, a arrêté d'arracher les mauvaises herbes, a ôté ses gants de jardinage et s'est levée pour répondre à des questions que je ne lui ai même pas posées. Sa place devrait être à l'accueil, pas au jardinage.

Ce centre d'équitation western est une entreprise familiale à cheval sur l'ouverture communautaire et sociale. Il trempe aussi dans des affaires écologiques pour handicapés en collaboration avec le camp Papillon. Je peux monter, aller voir, si j'en ai envie. Gratuitement. Je n'ai qu'à prendre l'escalier qui ressemble drôlement à une échelle. Gratuitement. Et je peux revenir ici me baigner. Ou bien me baigner tout de suite. Gratuitement.

Disons qu'on ne s'ennuie pas des endroits dont on ne peut utiliser les toilettes à moins d'acheter un *shish taouk*. Ni des jolis égocentriques. Ni des caves qui te tabassent. Gratuitement.

FLAVE

J'ai remplacé les machines réelles qui ne sont pas venues de toute façon par au moins vingt engins irréels très dangereux qui nous passaient dessus, nous frappaient, nous faisaient rebondir sur les arbres et nous spinaient dans la face.

La gang de Jonathan Bérubé jouait à un jeu vidéo qui ressemblait drôlement à ça. On dirait bien qu'ils me l'ont mis dans la tête, à force d'en parler beaucoup, parce qu'ils n'ont plus eu le droit de jouer après le procès que les parents et les professeurs leur ont fait dans une des classes de 5ᵉ. Ils ne se rendaient pas compte qu'ils avaient reçu un cours de justice pratique et qu'il leur en faudrait des millions comme ça avant d'avoir de l'allure, c'est-à-dire jamais.

JAN

Allons voir les chevaux, mon chien. L'effet qu'ils te font. Je t'avertis, tu ne pourras pas sauter par-dessus eux comme tu le fais avec les plus petits que toi au parc à chiens. Espérons qu'ils t'impressionnent. Qu'ils te remettent à ta place. Que tu te sentes un peu plus chien.

Non, ne me mords pas le bras, s'il te plaît! À l'âge où tu es rendu, il me semble que tu devrais faire la différence entre l'os qui sert encore et celui qui ne sert plus.

FLAVE

D'ici, la vue n'est pas possible, elle est écœurante, elle est bouleversante. « On dirait qu'on vole », que je dis à maman, qui cherche encore une façon de dire comment elle se sent ici, qui serait aussi belle que le paysage. Elle ne réussira jamais.

On peut admirer le lac briller en bas et trouver ça dommage de ne pas être dedans et d'avoir seulement de la sueur pour nous rafraîchir.

Jan et moi, on est d'accord, on a discuté. Ce qu'il y a de bien avec ce lac est qu'on ne dépense aucune énergie à avoir peur de se faire couper la tête par une hélice de moteur de bateau. Si on avait loué un chalet dans un lieu à la mode comme Magog, ça nous aurait coûté beaucoup plus cher pour plus de danger, de bruit et d'imbéciles.

Maman me ramène sur elle comme si elle était un mur et moi une balle qui est supposée rebondir dessus. Elle n'arrête pas de faire ça, aujourd'hui.

JAN

Deux fois Chantal a répété que je n'étais pas obligé de tenir Jésus par le collier. Qu'il n'y avait pas de problème. Je lui ai fait confiance. « Arrête donc d'avoir peur. » J'ai lâché le cabot dans l'escalier, avant d'arriver en haut, de voir le topo.

Il a filé à toute vitesse devant moi. C'était trop tard.

Il énerve les chevaux. Il m'énerve aussi. Il est entré en phase cerceau-turbo. C'est-à-dire qu'il court le plus vite possible autour des objets de son excitation.

Oui, c'est officiel, Chantal avait tort : un étalon vient de se cabrer en hennissant. Il faut dire que Jésus a refermé sa course circulaire de l'enfer sur lui exclusivement. Il l'a choisi, lui, je ne vois pas pourquoi.

Un autre moment d'impuissance à mon actif.

La situation pourrait dégénérer encore plus. Un cheval pourrait se blesser ou le kicker. Je serais responsable. Devant les cow-boys, devant les handicapés, devant les enfants. Je serais celui qui n'a pas su tenir son chien. Mais Chantal m'a assuré que ce n'était pas nécessaire, je dis. Une autre qui vit dans son monde comme tout le monde. Une autre qui confond son monde avec le monde. Elle doit vraiment penser qu'elle est la plus belle, si son chum lui a dit.

FLAVE

Je me suis reculée et je me suis accroupie pour voir maman suspendue comme un nuage au-dessus du paysage.

On s'en veut d'avoir oublié l'appareil photo. Elle fait la belle pour rien, elle fait la belle en l'air. Je crois qu'elle croit vraiment qu'elle est magnifique même si elle joue la comédie. La comédie serait bien plus pratique pour elle si elle était laide. Elle devrait la laisser à celles qui en ont besoin et arrêter de tout vouloir et de tout vouloir être tout le temps.

Je m'ennuie de Jésus. Je crie son nom de toutes mes forces, je répands son nom dans tout cet espace de nature vert et bleu en action, partout où le soleil va, partout.

Mords Jan et sauve-toi jusqu'à moi. Sois donc un chien comme à la télé pour une fois. Je crois que tu l'as assez regardée pour savoir comment on fait.

PAT

On ne peut pas passer notre temps en un lieu élevé à contempler la perspective de ce dont on aimerait faire partie. Ça serait bien trop triste, bien trop peureux, bien trop seulement dans les yeux. C'est bien mieux quand c'est et dans les yeux et dans la tête et dans les cheveux et dans les bras et dans la peau et dans la bouche et dans le ventre. Là tu parles, là tu peux te sentir bonne et utile de partout, là tu peux te considérer comme une championne de la vie.

JAN

Je n'en crois pas mes yeux. Un mirage. Pat et Flave, là-bas. Ce sont bien elles, sur le chemin. Près de l'immense botte de cow-boy Boulet, l'écriteau du ranch. Mais qu'est-ce qu'elles font là!? Les deux divinités de ma vie.

J'agite les bras pour ne pas me faire voler la vedette par les chevaux. Elles m'ont vu, ont compris. Elles s'engagent dans l'allée, s'amènent.

Un rancher parvient à moi avant elles pour me demander si c'est à moi, « ça ». « *Ça*, c'est Jésus », je lui réponds, rempli d'un courage qui n'est pas étranger à l'arrivée des filles.

PAT

Jan me surprend toujours. Dès que j'ai l'impression de l'avoir cerné, d'avoir délimité son champ d'action, il en sort, il s'échappe, me montre qu'il n'est pas seulement là où je crois qu'il est, qu'il peut être ailleurs.

Dans mon espace-temps fabulé, il était sur le lac avec Jésus ou bien déjà rentré au chalet. Dans la réalité, il est au ranch Ladouceur.

Flave et moi, on se laisse aller à traîner les pieds dans le gravier parce qu'on commence à être assez fatiguées et qu'il faut bien le laisser paraître. On a couru, on a marché, on a bavardé, on s'est un peu engueulées, on s'est réconciliées, on s'est penchées sur les beautés de la nature. Et le soleil ne nous lâche pas, il ambitionne, il continue à nous taper sur la tête, il nous tape sur les nerfs, il s'arrange vraiment pour qu'on soit en froid avec lui.

FLAVE

Jésus arrive sur nous en malade.

Il aurait pu nous vendre l'énergie qu'il a en trop s'il s'était au moins rendu jusqu'à nous. C'est un agace-pissette. Il a fait un violent demi-tour devant nous comme un joueur de hockey d'été qui fait revoler de la garnotte sur nos pieds. Il est reparti jouer avec les chevaux. Il nous snobe maintenant qu'il les a rencontrés, il n'ose plus nous toucher, on est bien trop dégueus pour lui, on n'a pas de poils, nous. Je ne baisserai pas mes culottes pour lui montrer les deux, trois que j'ai.

Maman est dans la moitié du temps où elle est déprimante. Elle me parle encore de la vie et des affaires qui se passent quand on aime une personne qui a un puits qui n'est pas plus profond que ceux des autres, blablabla. C'est le même exposé oral à coucher dehors qu'elle continue des fois le matin, des fois le soir, des fois la semaine, des fois la fin de semaine, des fois quand elle va bien, surtout quand elle ne va pas. On dirait qu'elle fait exprès de ne jamais le finir pour pouvoir le continuer la prochaine fois.

PAT

On dirait bien que Jan s'est fait un nouvel ami, un autre, un cow-boy cette fois. Ce cow-boy pourrait facilement assurer le rôle principal dans le cirque forain que mon chum pourrait être en train de mettre sur pied en cachette dans le but de nous en faire la surprise, à sa fille et à moi.

Je ne peux m'empêcher de considérer Flave comme la sienne, comme s'il l'avait faite avec moi. Lorsqu'on fait l'amour, il arrive que je me plaise à nous imaginer en train de la concevoir. Ensuite elle arrive de l'école, elle est déjà grande, elle se verse du jus. On avait mal calculé notre coup, ne pensant pas qu'il était si tard. On va la rejoindre au salon et elle nous demande de ne pas, s'il vous plaît, faire semblant de s'intéresser à elle. Là, l'œil de Jan brille. Il l'aime plus que tout, il m'aime aussi de cette façon, mais différemment. Il serait prêt à tout, justement, pour nous, qui lui donnons des pouvoirs, des forces, qui le disposent à tout, justement, pour nous.

JAN

Pat et Flave arrivent enfin. Lentes, fatiguées ou bien droguées. « Ça », c'est mes femmes. Elles se laissent tomber dans la position du lotus. Directement, sans escale. Et presque en même temps. L'une a entraîné l'autre qui portait déjà l'idée dans ses jambes. Elles sont venues pondre des œufs à mes pieds. « Ça », c'est mes poules !

Le rancher est accoudé à la clôture vermoulue de l'enclos. Il regarde le spectacle de la relation impossible entre Jésus et les chevaux. On ne sait pas s'il est contrarié ou diverti.

Notre chien est tout de même un peu plus calme, ou essoufflé, que tout à l'heure. L'effet de la nouveauté est passé. Idem pour les chevaux. Ils savent mieux l'ignorer.

Impossible de savoir si le rancher nous hait ou nous respecte. Ce doit être un cow-boy philosophe. Il doit savoir parler aux chevaux, après leur avoir donné un gros coup de bâton. Disons qu'il est cela. Partons de cela. Nous aviserons plus tard s'il le faut.

PAT

— Quelles sont vos tâches, ici, monsieur?

— Un peu toutes.

Monsieur s'est à peine tourné, reste vague, n'explique rien, mâchonne son brin d'herbe, se pense bon. Monsieur fait un angle mort de la femme qui est morte de fatigue. Monsieur vient de gaspiller la seule fois qu'on m'aura vue poser une question à un mâle de la région. La seule fois où j'aurai essayé d'aider mon chum dans ses tentatives ratées de socialisation. Je ne sais plus ce que je fais, j'agonise. Reste qu'il serait grand temps qu'il prenne exemple sur Flave et souscrive à *MySpace* une fois pour toutes, le pompon.

*

On serait déjà partis d'ici si ce n'était de Jésus qui a besoin de sa dose d'espace clôturé, semble-t-il. Il s'est trouvé un parc avec des chiens anormalement gros, et son plaisir est aussi de cette taille.

Comment d'aussi fières et belles bêtes peuvent-elles se laisser intimider par un demi-berger allemand!? Si elles savaient de quelles manières humiliantes on le réprimande lorsqu'il va trop loin : chapeau de fête sur la tête, chatouilles sur le ventre, patte dans un bol de colle naturelle (farine bio et eau traitée par osmose inversée), etc. Les punitions doivent varier, car plus il en connaît une, moins il en comprend le fondement, la pertinence. C'est ce qu'on se plaît à penser, du moins.

Comme tout le monde, on pense bien ce qui nous arrange, à la différence que ce qui nous dérange nous arrange aussi.

On est vraiment super, on est les meilleurs, et jamais la Gouverneure générale ne nous remet de prix.

FLAVE

Voici les raisons à cause desquelles s'en aller du centre d'équitation a été assez compliqué, merci : la seule et unique rame de Jan, la fatigante fatigue de maman, et la guidounerie de Jésus. Il serait bien allé vingt fois redire salut aux chevaux si on ne l'avait pas capturé après cinq.

On n'avait jamais vu les muscles des bras de Jan ressortir autant pour nous. Malgré le poids et le vent, il réussissait presque toujours à maintenir le cap et il évitait toujours d'accoster chez des gens qui nous auraient peut-être offert un breuvage pour mieux jaser d'affaires qui font bâiller.

Après tant d'efforts, on méritait bien d'aller à l'ombre faire une sieste tout le monde ensemble sur un *sleeping bag* dézippé sur le gazon.

JAN

Aujourd'hui, il fait gris. C'est comme si le dehors était devenu une grande pièce avec du tapis au plafond.

On a juste à être gais nous-mêmes, si la nature ne veut pas l'être.

On s'en va au village. On avait prévu d'y aller sans savoir qu'il ne ferait pas beau. Sans savoir que ce serait le jour idéal pour y aller. Voilà une bonne raison d'être gai.

Mais au village, il y a un guichet automatique. Et dans ce guichet automatique, il y a l'argent que je n'ai pas. Ça me pique, je me gratte.

Je vais retirer, disons, deux cents piastres de mon compte Visa. Mais pour payer les intérêts mensuels de mon compte Visa, je déposerai soixante-dix dans mon compte Desjardins. Et je garderai cent trente dans mes poches au cas où il me prendrait l'envie d'augmenter un peu mon endettement.

Dépassé un certain seuil, je me révolte contre mon endettement en l'augmentant. Il augmente donc, ainsi que ma révolte. C'est un cercle aussi vieux que vicieux. Tu ne sais pas où ça va s'arrêter. Tu rêves de suicide financier, de faillite. L'espoir.

Le mois prochain, j'irai chercher mon chèque d'auteur-compositeur-interprète-machin. Je payerai mes dettes. Il ne me restera plus rien, plus de dettes et plus d'argent. Et ça sera reparti mon kiki, je me réendetterai.

Ce n'est pas si mal, en fin de compte. L'important est de ne pas aller en prison. Ou de ne pas gagner sa vie. Gagner sa vie est une grave maladie mentale collective, selon le *DSMRVIIIaa*.

FLAVE

Le dedans de l'auto s'est transformé en studio de talk-show pour grands intellectuels. L'invitée est ma mère et l'animateur est Jan. Les spectateurs sont moi et Jésus et ils ont presque envie de mourir d'ennui en sautant dehors.

« Pouvez-vous mettre la musique plus forte, s'il vous plaît ? »

On n'est même pas sûrs qu'arriver au village de Saint-Prieur va les arrêter d'analyser la société dans laquelle on vit. Ils seraient bien capables de continuer en mangeant un cornet, en magasinant, en mettant de l'essence, en retournant au chalet.

Jan me propose de participer à la discussion au lieu de chialer. Ce n'est pas la mienne.

Et j'espère qu'il va bientôt arrêter de penser qu'il va finir par m'avoir en faisant semblant d'avoir un micro dans la main. Il ne s'aide pas, comme il dirait.

« Notre prochaine invitée s'appelle Flavie. Elle est accompagnée de son garde du corps Jésus. » Oui, oui, c'est ça.

JAN

Je laisse parler Pat. On a touché l'un de ses sujets sensibles : les critiques. Ou ces journalistes qui sont censés s'occuper des œuvres. Les critiques littéraires, surtout. Ce sont tous « des criminels contre les humanités qui ne sont jugés devant aucun haut tribunal dirigé par moi… »

— Tout le monde sait, mademoiselle, et vous ne faites rien pour le cacher, que votre positionnement est directement lié à l'accueil mitigé qui a été réservé à votre roman érotique…

— Puis après! Ce n'est pas parce qu'on expérimente personnellement l'injustice médiatique qu'on n'a pas le droit de se révolter contre elle, mautadine! Pourquoi faut-il toujours ne pas devenir fou devant ce qui rend complètement fou, hein!? Je suis tellement tannée de ça, moi, là. Genre: je te pisse élégamment dans la face parce que c'est mon rôle; et si tu n'ouvres pas la bouche pour boire de ma liqueur, je ris de toi parce que tu n'es pas capable. Ha, ha, ha. Ces innocents-là ne peuvent pas être puérils, incapables, petits, étroits, idolâtres, stupides, pathétiques, non, non, impossible, parce que l'attribution d'épithètes leur revient de droit. Ils prennent la distribution des tâches très au sérieux, mon gars. Vive la révolution!

En criant cette devise, Pat brandit le poing. Et elle le cogne au plafond de l'auto. Elle se tourne vers Flave et Jésus pour les entraîner dans son mouvement. Flave répète: « Vive la révolution! », mais sans conviction ni poing. Jésus ferme sa gueule et renifle un peu d'air.

PAT

Jan existe aussi, il faut le laisser parler, il faut me retenir de lui couper la parole, arrêter de me penser plus intéressante que lui – au moins jusqu'à 11 heures 25. Pour lui, pour l'amour.

— Ce qui me déprime, moi, c'est Régis Levasseur...

— À qui le dis-tu!

— Il est tellement... Je crois que je n'arriverai jamais à dire comment il est...

— Prends ton temps.

— Il est comme... le noyau... non...

— Je t'aime.

— Le monde ne le sait pas, mais Régis Levasseur est son dieu. Régis Levasseur n'est pas touchant du tout. Si Régis Levasseur n'existait plus (si on le tuait, par exemple), le monde s'écroulerait sans attendre. Sais-tu pourquoi?

— Non.

— Parce que c'est Régis Levasseur.

JAN

Pat m'applaudit.

L'applaudissement qui m'a le plus marqué est celui d'un père de famille. Il applaudissait son petit garçon qui venait de tomber dans la boue. Il applaudissait pendant que son petit garçon pleurait. Il y a aussi l'applaudissement du cocu de l'Ohio. Il avait coupé et placé la tête de l'amant de sa blonde devant un miroir. Elle est arrivée pendant qu'il applaudissait. Mais je n'étais pas là, je l'ai lu dans le *Journal de Montréal,* juste avant l'encadré sur l'homme qui a les plus longs poils d'oreille au monde.

Toujours est-il que Flave s'est jointe à sa mère pour battre des mains en mon honneur. Elles se sont trouvé un exutoire adapté à l'automobile. J'attends que ça passe. Considérons cela comme un interlude. Moi, avec mes mains, je tiens le volant. Je peux aussi klaxonner. Klaxonner à la forêt. Ou bien je peux m'applaudir, moi aussi, leur faire peur.

PAT

Jan est moins susceptible qu'il n'était. La vie le soumet à des tests auxquels il aurait échoué auparavant. Avant, nos applaudissements l'auraient probablement martyrisé, giflé. Aujourd'hui, il sait ne pas mal les prendre en montrant un vrai sourire d'homme qui se rappelle qu'il n'y est pas toujours arrivé, un sourire de réussite.

Ce gars-là guérit bien, s'occupe de lui, et pour cette raison son entourage n'aura plus besoin de reproduire de manière détournée la scène épique de l'abandon de la mère.

Je devrais remercier les critiques qui n'ont pas compris mon livre de me pousser à accepter d'être incomprise. Lorsque je l'aurai accepté et qu'un autre livre sera né de mon acceptation, ils me couvriront d'éloges, j'en suis sûre. Je remporterai le Goncourt, je serai célèbre, je pourrai tout me permettre, on se suspendra à mes lèvres, chacun de mes mots aura de l'importance. On m'aura reconnue comme on reconnaît un criminel. « C'est elle !!! » J'aurai commis le crime d'être bonne, qu'on me fera payer en me considérant comme telle. Je vivrai le contraire de ce que j'ai toujours vécu, c'est-à-dire que je serai *surcomprise*. Et je regretterai le temps où je ne l'étais pas.

JAN

Le sentiment, cet aimant à mots.

Je ne compterai pas les fois où Pat m'a proposé d'aller chier, d'aller me faire enculer par un trou de cul, etc. Autre temps, autres mœurs. Maintenant elle me respecte, elle n'a pas le choix, c'est ma loi. Elle m'envoie des « je suis fâchée, là ».

C'est comme manger une banane à chaque fois qu'on a envie d'une palette de chocolat. À force, l'envie d'une palette de chocolat se dégrade au bénéfice de la banane. On se met à avoir directement envie d'une banane. On ne pense plus à la palette de chocolat, on ne pense plus qu'elle existe. Elle a disparu de la *map*. On l'a tuée en l'ignorant.

— Est-ce que tu t'ennuies du temps où tu pouvais te fâcher contre moi pour rien ? Est-ce que tu es fâchée contre moi parce que tu ne peux plus te fâcher contre moi pour rien ?

Je la bave, tout fier. Je suis dans une bulle de confiance qu'elle ne pourrait crever avec un javelot de mots. Cette bulle est faite de résine d'estime et de contentement. Elle est plus solide que moi.

Il y a cette bulle de confiance. Ensuite, il y a l'habitacle de l'auto.

J'aime que Pat s'en prenne à d'autres que moi. J'aime ça autant que je détesterais qu'elle s'en prenne encore à moi.

— ... Pas surprenant que je sois allée en thérapie étant toute jeune. Si j'avais su à quel point le monde est décevant. Si je l'avais su comme je le sais aujourd'hui, je n'aurais pas perdu mon temps à le prendre personnel...

Puis elle se réaligne sur les médias.

— ... Ensuite tu vomis ton déjeuner sur la première page du journal pour arrêter de voir la grosse face de l'un de nos premiers ministres rougeauds (ils le sont tous) qui aurait soi-disant prononcé un vilain mot remarqué par d'autres...

Maintenant, elle peut généraliser, jouir.

— ... Le potin a envahi nos médias bien avant que la moule zébrée et l'algue bleue n'envahissent nos eaux. Nos médias sont tous plus ou moins redevables à *Allô police*. *Allô police*, c'est le *best*, c'est le potin de cul. Tous rêvent d'en faire, tous n'en ont pas l'audace, tous en font hypocritement. Pas *Allô police*. Enlève aux plus respectés leur petite enveloppe culturelle et sociale, et tu te retrouves avec quoi !? Avec *Allô police, man. Allô police* est la forme sous-jacente de la pratique journalistique qu'on connaît. Ce n'est pas à *La Presse* que les jeunes ambitieux devraient faire leur stage, mais à...

— *Allô police*! crions-nous en chœur, Flave et moi.

FLAVE

Il fallait absolument arriver au village quand ça commençait à être le fun dans l'auto. Le trajet devrait être plus long pour nous permettre de continuer notre fun. Tu parles d'un village, toi, à trois secondes et quart du chalet. Tu parles d'un chalet, toi, à trois secondes et quart du village. Ils n'auraient pas pu les mettre plus loin?

Ma mère pourrait me masser les épaules maintenant qu'on se déplace à pied et que les quelques habitants en liberté de ce village ont déjà vu qu'on est spéciaux.

Je lui demande ce qu'elle pense de tout ça. Demander à l'autre ce qu'elle pense de tout ça est la touche finale d'une technique de demande qu'on a améliorée avec le temps.

Elle vient derrière moi me malaxer le cou en me poussant comme une petite charrue. Jésus est malade de jalousie. Il ne peut pas accepter que la petite chienne de charrue que je suis se fasse flatter à sa place. C'est tout ce qu'il reçoit des autres, lui, des flatteries, et moi, je les lui vole. Je n'aimerais vraiment pas ça qu'on lui parle à lui, et jamais à moi. Je le comprends.

*

Il fallait vraiment entrer dans l'épicerie pour se rendre compte que ça pue. De toute ma vie je n'ai jamais vu une odeur comme ça. On dirait un mélange de marde et d'eau de Javel. Il devrait y avoir quelqu'un à l'entrée qui distribue des masques à gaz de toutes les grandeurs. Les caissières doivent bien parler de leur chum en Honda Civic pour oublier. Leurs conditions de travail ne sont pas moins pires que celles de l'ancien temps.

Il était temps que Jan et maman soient d'accord avec moi pour une fois. On est venus au musée du pet, c'est ça qui arrive. On n'est même pas capables de se concentrer pour lire notre liste d'aliments, l'odeur nous fait bien trop rire. On est retombés en enfance grâce à elle, elle nous a drogués, elle nous a fait oublier nos priorités. J'ai même oublié Jésus, attaché dehors ; je m'en souviens maintenant. Il serait mort s'il était entré avec nous.

PAT

Franchement ! Le monde fait son épicerie bien peinard comme si ça ne chlinguait pas ici. Est-il besoin de passer une annonce à l'interphone !? Allô !!!

« Chers clients, bienvenue chez IGA Bertrand ! Nous vous assurons que les aliments sont très bien emballés et qu'ils ne goûtent pas ce que ça sent... »

La réalité est surréelle, des gens propres déambulent dans les allées d'une épicerie puante, ils n'ont pas le choix, c'est vrai, ailleurs est trop loin, trop niaiseux, dispendieux. Ailleurs n'est pas ici, ce qui n'est pas ici n'est pas vrai, n'existe pas, n'existe pas plus qu'en imagination. On sait bien que des gens font leur épicerie ailleurs, on le sait, ils existent vraiment, ils le prouvent à chaque seconde de leur existence, ils se le prouvent à eux-mêmes. On sait bien qu'ils existent, oui, on le sait, n'empêche qu'ils ne sont pas plus présents que les Martiens. Mais ils existent vraiment, j'insiste, ils sont là-bas pendant que je suis ici, j'insiste, j'insiste parce qu'il y a là-dedans, dans l'idée (pardon, le fait) de leur présence, quelque chose dont je ne reviens pas, quelque chose qui me tient prisonnière. Je ne sais pas ce que c'est, et je ne crois pas vouloir le savoir.

JAN

On buvait. Euphoriques, métaphysiques. Puissance. On débordait. On a débordé jusque sur Internet, ensuite jusqu'au téléphone. On a eu recours aux services d'une escorte. Nos moyens nous le permettaient, ce jour-là. Une heure seulement, à deux. Une fois seulement en trente et quelque années, ce n'est pas de l'abus.

La fille en question ne savait trop comment recevoir tout ça, tout nous, tout nus, qu'en faire. Nous, on voulait juste qu'elle se laisse aimer. Elle comprenait, mais elle avait des réflexes, des déformations professionnelles, des attitudes. On voulait juste que ce soit à son tour. On était trop pleins, trop chanceux. On avait besoin de se décharger. Elle a dû nous trouver *freaks*.

PAT

Il ne faut pas me demander dans quelles conditions effroyables je suis tombée amoureuse de Jan. Comment n'aurais-je pas pu? Je serais tombée amoureuse de lui même si je ne l'avais pas été. Ses faire-valoir ont envahi notre planète, sont partout, partout où je vais. On dirait qu'il les a engagés, qu'ils observent ses consignes, qu'ils savent exactement comment me faire l'aimer davantage. Je reviens à la maison toute contente de ma situation sentimentale non ambiguë. Il n'y a pas meilleure façon d'être pauvre.

FLAVE

Si on rencontre Julien et Stevens, je n'aurai qu'à faire semblant de ne pas les connaître. C'est mon plan. Maman me dira peut-être : « Coucou, Flavie ! Lac, hier, hot-dogs, ça ne te dit rien !? » Mais je tiendrai le coup comme Mémé qui perd la mémoire dans sa chambre et la salle commune du centre Hochelaga. Enfin quelqu'un utilisera son exemple. Pauvre petite, toute seule, même moins que seule, elle ne se souvient même pas d'elle.

Il ne fait peut-être pas aussi soleil que dans l'épicerie, mais au moins ça sent bon les arbres, dehors. Je capote. Il suffit que ça soit moins pire pour qu'on soit content. Je saurai quoi faire à l'avenir pour me mettre de bonne humeur, maudit.

JAN

Le village de Saint-Prieur ne nous offrait pas grand-chose d'intéressant à part la grosse frite graisseuse qu'on a partagée. Il n'a même pas de cachet. Qu'est-ce que le maire veut bien qu'on en fasse !?

Un pick-up noir brillant nous colle au cul. « On peut pas faire mieux, Mario. »

Pat est plus sévère que moi :

— M'aller t'y poser une bombe dins culottes s'y continue, l'hostie !

— Tu serais pas un peu plus agitée que d'habitude, toi ?

— Voulons-nous vraiment parler de moi !?

— Ça serait chouette.

— Une autre fois peut-être.

On retourne au chalet. Ce n'est pas comme vendredi, lorsqu'on y allait pour la première fois. Le Buggle est dans le solarium, sur l'encoignure teinte en rouge. Je l'ai remarqué juste avant de fermer la porte et de la verrouiller. J'ai eu une pensée humaine pour lui. Une pensée tragique. Probablement parce que l'un de ses coins était suspendu dans le vide.

Pat s'est tournée vers l'arrière, s'adresse à sa fille, par-dessus l'épaule du siège. La mère parle à sa fille. La mère n'est pas tout à fait sérieuse. La fille s'en doute bien.

Je bouge le rétroviseur pour bien voir. À moitié couchée sur Jésus, les jambes écartées, la fille grimace. De tout son corps, et avec le visage. Elle essaie de mimer les substantifs échappés par sa génitrice. Par exemple, pour le mot « liberté », elle écarquille les yeux en ouvrant grand la bouche comme dans *Le cri* de Munch. Elle en a épinglé une reproduction sur le mur de sa chambre. On ne lui dit pas que c'est *too much*. On se dit qu'elle finira bien par le découvrir elle-même.

PAT

Elle serait autistique, elle s'appellerait Jane, elle aurait 18 ans, elle vivrait dans l'Ohio. Elle saurait dessiner à la perfection une flûte traversière qu'elle aurait vue quelques secondes seulement. Elle serait géniale et incapable de s'habiller toute seule.

Et là, plan américain sur un artiste désabusé, Max (interprété par William Heurt, *sic*). Il l'a remarquée, elle a attiré son attention, elle lui rappelle quelque chose, quelque chose d'important, qu'il a perdu, sa vie. Il la prend en charge, espère la sensibiliser à l'Art, lui faire lâcher la technique, la réplique. Scène intense : il étend de la gouache sur le dessin parfait de flûte qu'elle a fait, il le cochonne ; le résultat est qu'elle lui pique une crise, crie.

Le désir s'en mêle, au début fugace, ensuite tenace.

Peu de temps après lui avoir fait l'amour, il est arrêté par la police, ils sont malheureux chacun de leur bord, parents et amis sont sous le choc, ne comprennent rien, c'est le bordel, *Love Boat* sans capitaine.

On commençait à avoir drôlement hâte que le film finisse, qu'arrive l'attendu, le procès où il lui ferait la plus belle déclaration d'amour au monde. Ça n'a pas manqué, c'est arrivé, on l'avait deviné et on n'a même pas de don. On était bien contents que le film de cul commence, que ça devienne aussi laid, peau, poil rasé, ver de terre. Nos yeux, nos esprits, en avaient enfin pour leur argent, pouvaient se déchaîner, s'autodétruire pour de bon.

FLAVE

L'auto a tenu le coup, elle est saine et sauve. On lui a demandé de mourir à un moment où ça fera plus notre affaire. Juste avant de sortir de Montréal, direction la famille de Jan à Trois-Rivières, ce serait l'idéal.

Au chalet, c'est pareil, sauf qu'il est une heure et demie de plus et qu'on a un peu plus de nourriture et de bière. Il faut se faire à l'idée qu'aujourd'hui est une journée qui se répète en bégayant le même gris souris qui se changera sûrement en noir le plus noir, sans lune et sans étoiles.

Je ne sais pas comment font Jan et maman pour remplacer l'heure par la minuterie super bruyante de leur jeu de société ennuyant.

Jésus et moi regardons la télé. Elle se regarde bien mieux quand le soleil est dedans uniquement et qu'il ne nous donne pas mal au cœur de l'extérieur.

JAN

Julien et Stevens ont amarré leur planche à voile sans voile au même poteau que l'autre fois. Comme si on les avait invités. Ils n'ont pourtant pas l'aplomb de ceux qui s'invitent. Ils sont gênés. Leur audace est un secret. Ou nous les fascinons. Sans doute nous apparaissons comme une entité indistincte, un nœud humain à défaire. Plus vieux, ils pourront mieux comprendre qu'ils désiraient la mère à travers la fille, ou qu'ils espéraient mon amitié à travers le chien. Ou bien ils veulent inconsciemment qu'on les adopte.

Pat leur demande si, selon eux, l'épicerie du village pue. Que cette fille bien roulée aborde le sujet de la puanteur les amuse bien. Mais ils ne voient pas du tout de quoi elle parle. Flave les accuse d'ignorance olfactive. Ce que ces garçons auraient pu lui apporter, une confirmation de la puanteur de l'épicerie, ils ne le lui apportent même pas.

— C'est nous autres qui puaient de même, d'abord ! ?

FLAVE

Maman doit encore vouloir se faire violer par Jan en paix et c'est pourquoi elle me propose gentiment d'aller me promener avec les sauvageons. Je ne lui dis pas, moi : « Va donc te faire violer par Jan en paix. » Pour son bonheur, elle fait semblant de savoir ce que je dois faire pour le mien. Le problème est qu'elle me propose tout ce qu'elle n'aurait pas fait si elle avait été à ma place.

Elle est jalouse de moi, Jan aussi parce que je suis sa fille, les sauvageons le sont de Jan parce qu'il est le chum de ma mère, et Jésus l'est d'à peu près tout – hier la télévision, aujourd'hui les sauvageons. Il n'a pas du tout à s'inquiéter que j'accepte de les suivre uniquement pour ne pas me sentir de trop au chalet. Ils ne m'ont même pas gagnée, ma mère m'a donnée.

Ils veulent m'emmener dans une grotte, ensuite sur un pont de cordes, et plus tard dans un chalet abandonné qui est devenu leur cabane. Ils ont de grands projets qui sont bien au-dessus de leurs moyens, d'après moi.

PAT

Flave est partie frustrée. Elle croyait qu'on voulait se débarrasser d'elle pour faire l'amour comme des sans-cœur. On n'y avait même pas encore songé, c'est elle qui nous en a donné l'idée, et l'idée nous a donné le goût.

Est-il nécessaire de décrire le tralala, la bouche et les engins, gorgés, les points cardinaux de nos totons, la composante chimique de notre salive, la physique quantique de nos mouvements, la courbe oscillatoire de nos spasmes de pieuvre ?

C'est la question que je pose aux critiques qui n'ont pas aimé mon livre dit érotique, sérieusement. Vous avez tous remarqué l'absence quasi totale de plans concrets, bravo ! vraiment, je vous félicite, vous et votre fidèle amie l'observation, vous formez une fière équipe. J'aimerais tellement en faire partie et me moquer avec vous de ce que vous ne saisissez pas, dans le désespoir, le mensonge et la stupidité, dans la crainte, le fard et la fermeture, dans la honte. J'aimerais tellement connaître ce que c'est.

Jan et moi avons entamé une phase de sexe sauvage dont j'espère sortir sereine, guérie. Aujourd'hui je n'ai pas trop envie de m'abaisser à ma position yogique favorite, celle du *downward dog* (ça enlève les tensions au niveau de la tête). Quoiqu'il serait assez intéressant de l'intégrer à nos cochonneries pour vérifier si les vertus s'additionnent.

Voilà donc un peu de description. Êtes-vous contents, maintenant, ai-je bien satisfait votre incapacité d'imagination, puis-je continuer avec mon chum, s'il vous plaît!?

JAN

Inspiration du moment, mariage d'activités. Pat se fait prendre par moi pendant qu'elle s'entraîne au yoga. Sting, est-ce cela l'amour tantrique?

On est tout mêlés. On ne sait plus vraiment où on est, qui est qui. On ne sait plus à qui appartient tel ou tel membre. On nage en pleine confusion coopérative.

Les vacances sont une bonne occasion de se rapprocher en s'élevant. D'atteindre un point d'amour jamais atteint. Et pour les jours, les semaines ou les mois qui suivront, ce point constituera le centre, l'œil de notre condition. Nous partirons d'ici avec lui. Nous le garderons comme un porte-bonheur.

Pat est encore dans la position qui l'a vue jouir. Position d'accident. De personne qui est tombée d'un toit. Sur le dos, une jambe repliée.

Je ne sais trop comment gérer toute cette beauté. Elle me frappe, me frappe et me caresse, rentre en moi, s'insinue, m'habite. Je me sens vraiment bien. Je me sens drelin. Je pourrais écrire « tu es belle » dans chaque millimètre carré de sa peau. Comme le gars qui marque des noms sur des grains de riz pas cuits.

FLAVE

Je n'ai vu qu'une corde ou deux sur leur fameux pont de cordes. Et leur grotte ressemblait à un glissement de terrain. Je suppose que leur chalet abandonné est un tas de planches. Ils devraient un peu moins jouer dans la nature et apprendre leur vocabulaire comme du monde. Un mot par jour ne leur ferait pas de tort.

S'ils continuent comme ça, ils sont bien partis pour ressembler à ceux qui font semblant de donner des coups de poing dans le ventre de leur blonde au métro Joliette.

PAT

Au diable le haut de bikini, c'est décidé, je vais me faire bronzer les seins, pourquoi pas, ils sont avec moi, laissez-nous passer, on connaît le gérant.

Les remballer serait bien dommage, ils sont bien trop contents, reconnaissants, appétissants.

Jan de dire : « Tu serais pas mieux d'attendre qu'il fasse noir, pour ça », avant de venir me téter un peu. Je le comprends, certaines choses doivent être faites, on n'y peut presque rien, elles sont comme de l'eau au milieu du désert, on ne peut pas s'empêcher. Il est bien plus naturel de rester seins découverts jusqu'à ce que les jeunes reviennent de leur excursion et qu'ils soient mal à l'aise que de m'abstenir. Prérogatives de mère. Il faut bien que je célèbre de temps à autre, en marge de l'anniversaire de Flave et de cette bidon de fête des mères, le fait d'avoir mis bas. D'autant plus que ces jeunes garçons ont l'air, comment dire, d'ignorer ce qui les intéresse, les intéressera. C'est bien assez de raisons, à mon avis, pour poursuivre mon projet, me figer, devenir une statue, admirable. Je me serais énervée, au début de ma vie, j'aurais bougé, et l'amplitude de mes mouvements aurait diminué, de plus en plus, petit à petit, jusqu'à l'inertie ; il ne me resterait plus qu'à mourir.

FLAVE

Le chalet abandonné est vraiment un chalet abandonné. Cette fois les sauvageons ne se sont pas trompés de vocabulaire. Ils ne peuvent pas ne faire que des erreurs et perdre des points jusqu'à ne plus exister comme personne. Je leur donne 4 sur 10, non, 3 sur 10, ils font tout de même la faute de croire que le végétal qui est passé au travers du plancher pour devenir une plante de salon qui appartient au monde qui n'habite même plus ici est de l'herbe à puces. Ce n'est pas de l'herbe à puces, je le sais, ces feuilles-là sont beaucoup trop minces et longues, ces feuilles-là ne devraient jamais faire sonner l'alarme dans notre tête.

Malgré mon savoir dont ils peuvent profiter, ils continuent à vouloir rester niaiseux, c'est ce qu'ils préfèrent, je ne peux rien faire contre ça. Ils me contredisent, ils me demandent même d'empêcher mon chien (Jésus, son nom) de lécher l'herbe à puces qui n'en est pas. Et ils crient de rire quand je me roule carrément dedans pour leur montrer que je n'ai pas peur et que je n'ai rien à foutre de la pauvreté de leur esprit. Il faut bien les divertir un peu, les pauvres.

JAN

Charles a téléphoné. C'est moi qui ai répondu. Je lui ai dit que Flave était partie batifoler avec deux garçons du coin. C'est vrai. J'avais aussi envie de mentionner que son ex et moi sortions tout juste d'une séance d'amour sans précédent. C'est vrai. Que j'étais en train de cochonner le combiné. Qu'elle se faisait bronzer sans top. Qu'il n'était pas ici. Que même sans être ici, il est de trop.

C'est un fait : régulièrement, disons tous les trois mois, Charles essaie de reconquérir Pat. Il sait que je le sais, je sais qu'il sait que je le sais, et tout ce savoir masculin reste sous clef lorsqu'on se parle.

Je ne le comprends pas, et je n'ai pas envie de le comprendre. Beaucoup de gens insultent la vie. Beaucoup d'hommes. Nul besoin d'un de plus. C'est superfétatoire. Il est superfétatoire. Bien après d'autres. Il est super-superfétatoire. Non, mais, où va-t-il donc avec sa confiance !? Il n'ira pas bien loin, d'après moi.

J'ai peut-être l'air jaloux, comme ça, mais je ne le suis pas du tout. Charles m'inspire un sentiment tout à fait opposé à la jalousie. Je n'ai même pas besoin de me cacher pour le critiquer. Avec son canotier et sa poésie hippie, il est complètement en dehors de notre réalité. Pour s'expliquer, Pat dit qu'elle était schizophrène, des trucs de ce genre.

FLAVE

Ils ont voulu me faire accroire que le plant de mauvaise herbe était de l'herbe à puces parce qu'ils ne voulaient pas m'avouer qu'ils pissent toujours dessus. En plus d'être stupides, ils sont peureux. Par contre, ils ont eu la gentillesse de bien vouloir me protéger contre eux, trop mignons. Mais ils refusent quand même de se rouler comme moi dans la plante de leur contamination, pour qu'on soit quittes. Ça étourdit, tous ces changements de saison de la personne. Je n'irai pas leur dire comme une conne de Jan que ce n'est pas de l'herbe à puces mais de l'herbe « à pisse », en fin de compte. Je ne voudrais pas les revoir se tordre de gros rire forcé en se jetant sur les murs comme des macaques, j'ai eu ma dose.

Ce chalet ne serait sûrement pas abandonné s'il était sur le bord du lac. Donc on n'y serait pas entrés. Donc je ne me serais pas salie sur leur toilette en forme de plante. Je ne me sentirais pas comme une petite chienne à ce point-là. Je n'aurais pas envie de me baigner au plus sacrant pour les ôter de sur mon corps.

PAT

Pendant que je faisais l'amour avec Jan, ma fille s'imprégnait de l'urine de Julien et de Stevens. Il faut bien qu'elle se dépasse, qu'elle trompe son quotidien elle aussi, qu'elle se révolte, sinon ce ne serait pas ma fille.

Jésus a décidément beaucoup d'influence sur elle, et ça ne m'inquiète pas du tout, ça me plaît, me rassure. Je lui souhaite une éducation hybride, faisant ce que je peux de mon bord, me méfiant de l'homme.

Je devrais plus souvent lui permettre d'emmener Jésus chez Charles.

Il a téléphoné plus tôt et il n'était vraiment pas crédible dans le rôle du père qui s'inquiète de sa fille. C'est un épouvantail, je lui ai donc proposé de se taire, de raccrocher. Je ne crois pas qu'il soit en mesure de dire quoi que ce soit, je ne crois pas qu'il en ait le droit, qu'il ait autre chose à dire que son manque, sa traîtrise et sa culpabilité. Ce qu'il dit démontre bien qu'il devrait tenter de se comprendre au lieu de parler.

Il me voit encore dans sa soupe, il doit même m'impliquer dans des parties de jambes en l'air chimériques, il me fait des cochonneries dans le dos, l'enfoiré. Il s'attarde, se gaspille, s'obstine, compense son mal-être.

Non, je n'ai aucune grandeur d'âme à consacrer au gars qui emprunte à ma fille le fric que je lui ai laissé au cas où il ne resterait que des cornichons et de la mayonnaise dans son frigo (je l'aurais battu presque à mort). Et je ne serais même pas surprise qu'il ait voulu attirer mon attention de cette manière, une manière d'appel à l'aide retors.

En fait, je ne peux plus rien pour lui, sauf encourager ses bébites à continuer de s'épanouir.

*

Flave courait, courait vite, elle m'a vue, m'a enjambée, m'a ignorée, elle a emmené mon image avec elle, dans le lac, plouf! elle l'a noyée. Et puis Julien et Stevens se sont avérés lents, beaucoup moins pressés qu'elle, coupables de ce qu'ils venaient de voir, n'osant plus regarder.

JAN

Patricia the Stripper. Je ne connais pas ce répertoire, malheureusement.

J'ai gratouillé plus ou moins le même accord jusqu'à ce que Julien et Stevens outrepassent la madame aux totons placée en travers du quai. Ensuite j'ai donné dans le *riff* petit galop avec mi mineur, fa 7e, etc. Et quand Flave est sortie de l'eau pour engueuler sa mère, j'ai versé dans la quatre du Diable.

Ça me rappelle le soir où j'ai dû improviser dans une séance de *spoken words* en première partie de celle qui était présidée par nul autre que Jello Biafra.

Les filles étaient trop occupées à argumenter pour me demander d'arrêter de les narguer avec mes sons adéquats.

— Ce n'est pas ce que tu voulais, te débarrasser d'eux ? Il faudrait te brancher, ma fille…

— Non, c'est toi qui es pas branchée. Tout à l'heure, tu voulais que je parte avec eux pour me faire violer, pis à c't'heure qu'ils l'ont fait, tu leur fais peur avec tes jos.

Arrêter de respirer, de jouer. Certaines choses doivent être éclaircies.

— Pourrais-tu répéter ce que tu viens de dire, s'il te plaît ?

Flave n'y arrive pas sans rire.

— C'est bien ce que je croyais.

PAT

On a eu du plaisir, il me semble, tout à l'heure. L'expérience socio-corporelle nous a tous impliqués plus ou moins, rassembleuse, en plus de nous tirer un peu hors de notre *mainstream* ridicule. Je mérite plus de reconnaissance, il me semble, je ne mérite pas d'être traitée par des proches de la même façon que par la société.

La nature était excitée, la vie était électrique, et quand je me suis retournée sur le ventre, tout s'est calmé, le souvenir s'est élevé ; le souvenir : la tache.

Les jeunes possèdent maintenant un vrai sujet de conversation.

*

Le voisin est apparu. Il n'est pas chanceux, c'était trop tard, j'avais déjà renfilé le haut de mon bikini, punition pour ne pas l'avoir mis.

Il nous a demandé si on avait besoin de quelque chose au village alors qu'on y est allés hier sans du tout se sentir mal de ne pas lui demander, nous, s'il avait besoin de quelque chose au village. On n'y a même pas pensé, il n'est pas dans notre vie, comme tous les autres. Je ne voudrais pas être à leur place, vraiment, ils ne savent pas ce qu'ils manquent, et quand ils le savent, ils collent.

Pour nous suivre, Robert, il faudrait que tu nous suives pas mal mieux que ça. Si tu retrouvais notre chien, par exemple, tu commencerais au plus bas échelon de notre compagnie, tu commencerais par nous lécher les pieds pour te récompenser.

Je ne serais pas méchante, si tu ne ressemblais pas à celui qui m'a violée, ça ne serait pas plus fort que moi, ça ne viendrait pas d'entre mon instinct et mon vagin, ça ne viendrait pas autant que ça, j'imagine.

Jésus s'est enfui alors que mes lolos faisaient diversion. Je porte des bombes mammaires, il suffit de peser sur leur détonateur, le mamelon.

On l'a appelé, sifflé, injurié, supplié à en avoir mal à la gorge en plein été. Nos appels ne se rendaient vraisemblablement pas jusqu'à lui, ou jusqu'à son cœur, ils se perdaient dans la forêt, tombaient, mouraient. On avait mal, on tremblait, on détestait le perdre, on le détestait. On a remplacé nos appels par des corps physiques, des êtres de préhension, de pouvoir concret. Jan et Flave sont partis à sa recherche pendant que je garde le camp dans l'angoisse de sa perte.

FLAVE

Je pointe Jésus du doigt même si ce n'est pas nécessaire. Le cochon de traître, il se croit maître de lui-même. Il se croit bien trop. Il nous a oubliés pour satisfaire une petite envie de chevaux qui ne pourront jamais le faire vivre aussi bien que nous. C'est un enfant gâté qui doit s'être fait mettre dehors du ranch Ladouceur une couple de fois avant qu'un cow-boy sérieux prenne les grands moyens avec son cheval. À l'avenir, il va falloir s'occuper de son amour pour nous, il va falloir lui dire à quoi ça sert et ce qu'il doit faire avec. Il fait vraiment pitié à essayer de séduire le grand cheval noir qui ne veut rien savoir de lui. Il continue à se caler, il n'a pas d'allure. Il est aveugle, ou quoi?

*

Le cow-boy m'offre de monter avec lui sur le cheval. Je ne dis pas non, surtout pour écœurer Jésus qui n'aura jamais autant voulu être à ma place. Jan me soulève et le cow-boy finit son travail et il croit m'apprendre le mot « pommeau ». Moi qui étais certaine que c'était une grosse verrue de cheval qui a transpercé la selle ! Je ne m'appelle pas Julien ou Stevens, moi, mon nom est Flavie. Il aurait pu me le demander. Qu'il sache mon nom n'est pas moins important que je sache le mot « pommeau », il me semble. J'espère pour lui qu'on ne rencontrera pas l'un de ses amis à qui il faudra me présenter comme celle qui se tient après le pommeau.

Jan est déjà loin derrière nous. Il n'a pas voulu trotter comme Jésus pour égaler la marche du cheval. Il doit vouloir la paix pour pouvoir parler tout seul comme d'habitude.

JAN

Les autres chiens n'intéressent plus Jésus. Il s'en fout. Il sniffe du cheval. On va le sevrer. En ville, il faudra le surveiller pour ne pas qu'il s'échappe et vienne jusqu'ici par la voie de service. Son espèce en est bien capable. Son espèce s'inscrit souvent dans l'inusité. Elle accomplit des exploits qu'on aimerait bien accomplir. Elle nous révèle ce que c'est que d'être humain. Ce que c'est que de manquer de pif.

Je n'aurais peut-être pas dû permettre à Flave de monter avec le cow-boy philosophe. Des choses peuvent arriver. Qui me dit qu'il n'est pas psychopathe plutôt que philosophe ? Je ne le connais même pas. Qui me dit qu'il n'est pas en train de la violer, de la tuer, dans le bois ? Pendant que je suis ici, inutile.

FLAVE

Mon premier père parle trop, mon deuxième parle tout seul, et si monsieur le cow-boy était mon troisième, je pourrais dire qu'il ne parle pas du tout. Après avoir cru qu'il m'apprenait le mot « pommeau », silence total. Il n'a même pas répondu à la question que je me suis forcée à lui poser, monsieur était trop occupé à regarder le paysage qu'il a déjà vu des millions de fois. Malaise !

Je ne lui demanderai pas de demander à son cheval de galoper. J'aime mieux ne pas lui demander qu'il ne m'entende pas. J'aime mieux caresser la crinière de son cheval. Donner au cheval ce que j'ai tant aimé que maman et Jan me donnent hier. Il ne faut pas s'attendre à se faire présenter. De toute façon, on n'a pas besoin de notre nom, on a juste besoin de sa crinière et de ma main.

JAN

Combien de fois ai-je songé à des choses horribles non effectives?

Elles n'arrivent qu'en moi seulement. À l'extérieur, rien. Je vais revenir au chalet et tout le monde sera là. Je me serai inquiété pour rien comme d'habitude. Et chaque mot, chaque son, chaque chose aura de l'importance.

PAT

Non seulement Jésus a été retrouvé, mais il revient aux crochets d'un cheval monté par le cow-boy bête comme ses pieds et ma fille chérie. Jan manque à l'appel, a peut-être été descendu, dans ce western spaghetti nouveau genre.

Je ne sais pas ce qui me retient de faire la grande roue, je n'ai aucun spectacle à leur offrir, moi, j'ai juste moi.

Flave m'est redonnée comme un sac de patates que j'aurais commandé au magasin général. Mais je la reçois comme une mère, une vraie, cette fois. Comme on se retrouve, après vingt minutes de séparation. Je crois que chacune est démesurément contente de voir l'autre parce que l'autre l'est aussi, entre autres. Il faut bien se démontrer qu'on s'aime pour la vie parfois, ensuite on peut continuer à vivre. Ensuite, c'est O.K., c'est sensé, on se trouve chanceux d'être comblé, on a le goût de générosité, de se remplir le cœur encore plus, exigeant d'autrui qu'il se le vide.

En ce qui concerne nos amis, on a déjà fait tout ce qu'on pouvait, ils ne suivent jamais nos conseils. Il faut les accepter comme ils sont, d'abord, les trouver drôles, d'autant qu'ils en arrachent toujours un peu. Lorsqu'ils ne rencontrent pas, ils se plaignent; lorsqu'ils rencontrent, ils se plaignent. Ils se plaignent du manque et ensuite ils se plaignent parce que le manque leur manque.

On doit se lâcher pour s'occuper de Jésus, le retenir, sinon, c'est certain, il partira, il suivra le cheval et son maître qui ne dit pas au revoir, qui ne se retourne pas, qui fait semblant de nous oublier.

Je trouve scandaleux qu'un acte d'une telle gentillesse soit commis avec autant d'ingratitude. Cet homme est complètement *brain-washé* par les films de Clint Eastwood. Ça ne fonctionne pas du tout avec nous ; nous ne croyons pas du tout au petit style que tu te donnes, va donc faire mouiller les matantes en rut ailleurs.

JAN

Jésus a malmené les vidanges. Les a renversées. Les a déchiquetées. Surtout le papier essuie-tout imbibé d'huile de carthame première pression à froid. Bon chien !

C'est parce qu'il était frustré d'être en pénitence à l'intérieur pendant qu'on jouait dehors. Sa grand-tante lui dirait : « Félicitations ! »

On te fait confiance. Sois adulte. Réfléchis. Conscience. Pour l'honneur. Le respect. Flavie.

Malgré la pompe anthropomorphique de sa mise en libération conditionnelle, il décampe aussitôt que j'ouvre la porte. S'en va rejoindre les chevaux.

Je ne comprends pas pourquoi les filles sont fâchées après moi. On n'a que ça à faire, partir à sa recherche.

FLAVE

Ce n'est plus pareil maintenant que les jos de ma mère ont été vus au grand jour. Ils ont tout changé, je le savais. Ils ont amené la mort dans l'air. Je suis certaine que Julien et Stevens ne s'embrasseraient plus en cachette devant moi et qu'ils ne voudraient plus que je me mette entre eux comme du poulet pressé. Ça se sent qu'ils se foutent de moi bien raide et que je me fous bien moins d'eux à cause de ça. Je n'aime pas du tout avoir le rôle de celle qu'ils viennent revoir pour revoir les jos. Vous ne les reverrez plus jamais, oubliez ça, c'est fini, passé, votre chance est partie, envolée.

Personne ne me manque autant de respect que ça à Montréal. À Montréal, le monde en a vu bien plus d'affaires qu'eux, le monde est bien plus habitué qu'eux à ne pas se laisser impressionner par des affaires.

Je leur dis que ça ne donne rien d'essayer d'être mes amis de toute façon parce qu'il ne leur reste vraiment pas assez de temps pour réussir cet exploit. On part bientôt.

Ils collent, ils ne voient rien, ils ne veulent rien voir, ils ne veulent pas voir que je joue à la pétanque et qu'il n'y a pas assez de boules pour tout le monde. Ils voient seulement celles de ma mère dans la version d'hier en faisant semblant de rien.

Hier était un autre jour, les gars, aujourd'hui est aussi un autre jour, le jour où on se dit *good bye*.

PAT

Jan et moi avons le fou rire à cause de la façon dont Flave traite nos ambassadeurs Julien et Stevens. Elle leur a dit d'aller s'acheter des revues de cul et de pisser dessus. Ouf, l'insulte! C'est censé être moi qui élève cette enfant à la bassesse, un peu de rattrapage ne lui ferait pas de tort. Mais pas tout de suite, je prends congé de ma maternité, je ne dis rien, je ne veux rien, j'existe le moins possible, je diminue les risques qu'elle me boude pendant la chute de notre séjour. Elle n'est pas à prendre avec des pincettes, elle n'est pas à prendre, point à la ligne. Elle est dans cet état de susceptibilité extrême où elle pourrait m'accuser d'avoir un nez au milieu du visage.

Jan fixe intensément le cochonnet, il ne le lâche pas des yeux, il s'y accroche, s'en sert pour garder son sérieux. Il a l'air presque pro mais ça ne le rend pas plus adroit pour autant vu que sa boule va rouler jusque sous l'auto.

Julien peut bien se précipiter à la rescousse de la bouboule sous les direction, crémaillère, réservoir, pot d'échappement, sous le ventre de l'automobile, il ne sera pas plus avancé.

Tu peux tourner le dos à la vérité, mon Juju, mais lorsque tu te retourneras, elle sera toujours là, encore plus impatiente, elle tapera du pied, elle s'appellera Flavie Georges-Lafleur, et elle vous demandera encore plus directement, à ton ami et à toi, de foutre le camp.

JAN

Notre Flavie chérie nous a montré de quelle honnêteté elle est capable. Legs de sa mère. Elle en est jalouse, évidemment. On ne taxe pas tout le monde de jalousie pour rien. Où est donc passée la mienne?

Il y a longtemps qu'on ne s'est pas vus. Je dois me sentir aimé jusqu'au bout des doigts, de moi. Jusqu'au bout de mes racines. J'en ai! Avec Pat, j'en ai. Je les sens. Solides, invisibles.

Oups! Jésus! Il a besoin d'aide. Urgent. Il est en train de s'étrangler. Il s'est tout enroulé autour du poteau de la mangeoire. Coincé au bout de sa corde. Asphyxié. Il panique, accentue le mal.

Il vit beaucoup d'émotions ces jours-ci.

Je le guide, lui montre par où il doit aller s'il veut vivre. Nous remontons ensemble le cours de ses pas.

Il est vraiment content du résultat. Si bien qu'il se croit tout à fait libre. Il croit qu'il n'est plus attaché au poteau. Il court. Il dépense tout le lousse. Il s'étouffe, encore, abruptement cette fois. Et c'est là qu'on voit qu'un chien sait garder la face.

PAT

Ma fille est formidable, elle sait utiliser le mot « projection ». Je le lui ai tant répété qu'il me revient, vient me remplir de bonheur, me revient avec profits. Elle ne comprend pas pourquoi je ne me défends pas, je ne réplique pas, pourquoi je lui souris comme une illuminée. Elle a besoin de ma combativité, de sa maman guerrière, pour se battre, se défouler. Je me suis arrêtée d'être moi-même pour la regarder me ressembler. Je la mets mal à l'aise, je lui fais peur, qu'elle dit, elle me demande de redevenir normale.

FLAVE

Jésus a l'air fin, là, avec son poteau.

C'est plus fort que lui, il est possédé par les chevaux, on ne peut rien faire contre ça, c'est dans lui et ça ne s'ôterait même pas avec un scalpel. Il faut dire qu'un cheval, c'est gros. C'est plus gros que Jan et maman qui s'embrassent à quelques mètres de lui, mais ce n'est pas ici.

Je dois encore le retenir pour ne pas qu'il aille se tuer au bout de sa corde qui ne se rend pas jusqu'à leur amour. Leur amour entraîne beaucoup trop de travail à mon goût de ma part. Ils devraient s'engager une servante.

Regardez, nous autres aussi on peut s'embrasser. Y a rien là!

PAT

J'ai hâte de retourner à la Grande Bibliothèque – la seule chose dont peut vraiment être fier le Québec. Je m'ennuie des handicapés qui te déconcentrent avec leur respiration nasale beaucoup trop forte, des quarantenaires mi-itinérants qui cherchent de l'attention en feignant des cris de jouissance, des *geeks* asiatiques qui jouent à TIC TAC GO en réseau, des dépressifs qui viennent lire des bédés pour s'endormir illégalement dans un fauteuil, sans parler des groupes incessants de visiteurs qui te regardent, toi l'usager, comme un animal de zoo.

Mais le mieux, c'est lorsque Jan apparaît, me surprend, par-derrière ou par-devant, lorsque avec sa présence, son arrivée, il introduit notre intimité, en ce lieu public, c'est très excitant. Je suis fière, fière d'avoir quelqu'un, de montrer que j'ai quelqu'un. La fille qui a l'air timbrée, eh bien, elle ne l'est peut-être pas tant que ça, puisqu'elle a un chum, un très beau, à part ça, bien solide sur ses pattes, un vrai christ aux cheveux courts, les mains toujours à la bonne place.

FLAVE

Boire du jus dehors est encore plus rafraîchissant qu'à l'intérieur à cause de la publicité et parce qu'on peut en échapper sans devoir ramasser. La terre le boit comme tout le reste : pluie, pisse d'animal, etc.

Un peu à la terre, un peu à Jésus, un peu à moi, un peu encore à moi, un peu à Jésus, un peu à la terre…

PAT

On était là, dans un wagon de métro, assis devant une fille qui présentait des signes du syndrome de Gilles de la Tourette. Elle éjectait des syllabes en plissant les yeux comme si elle était incommodée par les néons, tout en mangeant un millefeuille au-dessus d'une boîte de pâtisserie qui recueillait les miettes. Cette fille était tout à fait conforme au type « pitoune » sortant en boîte sur la rue Crescent : mêmes vêtements, même corps, même parfum, sauf qu'elle avait le fameux syndrome et aussi le millefeuille. Ces deux éléments injectaient beaucoup de charme à sa beauté de poupée. Elle était craquante, parfaite, un rêve, elle était celle en qui on aurait voulu qu'elle se transforme si elle avait été différente.

Toujours est-il qu'on se chuchotait des choses dans l'oreille, par exemple qu'on désirait lui dire qu'on la désirait, qu'elle avait déclenché en nous, ou entre nous, une chaîne de désirs avec laquelle on était heureux d'être attachés.

Et puis, tout à coup, une impression m'a conquise, eh bien, c'était que c'était moi ! que cette fille était une sorte de moi symbolisée, une métaphore de ma personne. On avait vraiment envie de coucher avec elle.

JAN

Prendre un verre avec la réalité. Se soûler avec elle. Jusqu'à ce qu'elle tombe à nos pieds, ivre morte. Ah, la paix !

Je caresse le dos de Pat. Ce corps. Ce miracle. Ma femme.

Sa colonne vertébrale. Ses omoplates. Le bas. Ses fossettes fessières.

Elle pourrait se vanter encore bien plus.

Je n'ai pas le droit d'en vouloir à ceux qui la reluquent. À leur place, je ferais pareil, je ferais pitié. J'ai déjà été à leur place, je l'ai déjà *pas connue*. Je n'en reviens pas. Je me demande bien comment j'ai fait. On ne la connaît pas, c'est tout. On connaît celles qui ne nous ont pas convaincu. On sait ce que c'est que d'être fautif. Pour l'amour. On en veut, c'est tout, on ne veut que ça. Alors on s'arrange, on s'ouvre, on aime. Et puis la date d'expiration. Ça sent le suri. C'est ce qu'on n'a pas voulu voir au début, le détail important, le microbe, qui a corrompu le tout. Ça ne peut plus continuer. Il faut se retirer. On n'a pas le choix. Fidèle à soi. Et puis là on se dit qu'on va faire attention la prochaine fois, qu'on ne se mettra plus les pieds dans les plats. Et on recommence, parce que c'est mieux que rien. Puis on recommence de moins en moins, parce que rien commence à devenir drôlement mieux. Et pour finir, on rencontre Pat.

FLAVE

Je vais lui acheter un cheval en plastique pour sa fête. Il va te le massacrer comme tout le reste.

C'est difficile pour lui d'être cloué au même endroit dans une si belle et grande nature. Il ne pouvait pas mieux se punir. Je vais quand même l'attacher à moi. Je suis brillante. Son manque de liberté va au moins pouvoir changer de place en même temps que moi.

JAN

On se croirait à *Drôles de vidéos*. Flave a piqué toute une fouille. Elle s'était attaché la corde du chien à la cheville. Il est parti à courir après un écureuil – il a pu poursuivre ici l'activité à laquelle il s'adonne à Montréal. Difficile de décrire la pirouette qu'il lui a fait faire. Une sorte de grand écart culbuté, traîné.

Moi, je m'occupe de la technique : lousser la corde pour en libérer la frêle cheville meurtrie. À Pat le psychologique. « Qu'est-ce qui t'a prise de te l'attacher là, ma belle ? » Le ton est plaintif, très doux. Elle ne niaise même pas. Elle ne niaise jamais quand Flave pleure. Elle devient une mère de banlieue. Tout à coup, ça ne me dérangerait même pas d'aller vivre en banlieue. Je ne dis non à aucun endroit où j'irais avec elles. Où elles iraient avec moi. À nous le monde. Attention, on arrive. Brosse-toi les dents.

PAT

La chute de Flave inaugure bel et bien la fin des vacances. On lui a mis un peu de crème sur la cheville, un peu d'Anti-phlogestine au niveau du tendon de la cuisse, et, elle, on l'a installée dans une chaise longue, tout près de nous, loin de Jésus. Elle ne veut plus jamais lui parler même si on voit bien qu'il est le seul à vraiment pouvoir la consoler.

Bon, bon, un autre petit drame, une autre perle dramatique qui s'ajoute au collier.

Le chaudron est sur le feu, tout va bien, ma fille, le spaghetti s'en vient, vous n'aurez qu'à manger une pâte ensemble, à chacun son bout, et ce sera tiguidou laïlaï. On compte sur vous. Je ne vois vraiment pas ce qu'on pourrait faire de l'exemple de France et de son mec hyper gentil lorsqu'il vient de la tromper, ou bien de celui de Sandrine et de sa blonde même pas lesbienne. On n'en veut pas d'exemples pareils, on les jette dans les toilettes, on tire la chasse, on ne les accepte même pas dans notre compost et surtout pas dans notre bac à recyclage.

JAN

Je suis tout excité. J'ai vu la réalité exploser. Quand on est prêt, ça arrive. Devant vous. Tenez-vous bien. J'ai vu le cow-boy philosophe passer en auto. Lui en auto ! Je ramassais du petit bois de l'autre côté du chemin. Ce n'est pas tout. Il n'était pas seul dans son char. Tenez-vous bien, le meilleur arrive : il était avec Julien et Stevens ! À la campagne, on regarde le monde passer. Ils m'ont fait signe de la main. Je veux dire Julien et Stevens, pas le cow-boy.

JAN

On a veillé près du feu. Grosse chandelle.
Des chips de maïs, de la salsa, du vin, des
guimauves. Dans la lumière ombreuse. On
avait comme été dessinés ou peints. Des
héros. Une histoire à la place des tripes.
On a le droit, nous aussi.

On est rentrés regarder la télé. On a
profité de la soucoupe une dernière fois.
Une dernière fois, Flave s'est endormie sur
le long divan bistre. Une dernière fois, on
l'a déposée dans ce lit. Une dernière fois,
un bain de minuit. Et pour la première
fois, on a fait l'amour dans le *gazebo*.
Stupide qu'on n'y ait pas pensé avant. Pas
mûrs. Fallait pas croire qu'on pouvait se
permettre de faire plus de bruit dehors.
Nos cris allaient accoucher de leurs
échos sur le lac. Ils nous revenaient, nous
excitaient. J'avais l'impression de faire un
trip à quatre avec nos anges gardiens.

PAT

On fait le ménage, nettoie notre crasse, nos traces, délébiles. L'exception est la petite tache de vin rouge sur le tapis du salon. Elle, elle reste, elle va nous représenter, nous survivre, elle va regarder sous les jupes des méchants qui auront pris notre place. Baptisons-la : l'œil du lac du Ciel. Aucun de nous n'est un as du ménage. C'est bien beau le sel, mais encore ? Jésus est venu le lécher et, un peu soûls, on a supposé que ça ferait l'affaire, que sa salive, etc., un anti-tache de vin.

J'ai passé le balai sur le prélart de la cuisine. Maintenant je lui donne un petit coup de moppe pendant que Flave lave les vitres sur lesquelles Jésus a bavé et que Jan s'occupe des toilettes d'en haut, dans une sonate d'espoir que ma tante Denise veuille bien nous relouer sa grosse bébelle à rabais un de ces quatre.

Félicitations ! félicitations à tous, à Flave, à Jan, à Jésus, à moi, aux souris qui se promenaient dans les murs, la nuit, aux molécules d'air et d'eau, et à tous les autres, félicitations, vous avez tous été géniaux autant que vous êtes, vous avez chacun à votre manière incarné le miracle de la vie, et je vous dis, au nom de ma tante, félicitations !

JAN

En résumé, Pat dit qu'il est pédophile.
Cher cow-boy. Moi, je dis qu'il est parent
avec l'un des deux. Julien ou Stevens.
Quelqu'un doit bien se sacrifier, avoir
raison. Et Flave s'en fout éperdument,
jusqu'à l'infini. Mais l'important est d'avoir
eu du plaisir à en parler.

Quant au voisin, il n'est pas encore
venu nous dire adieu. Il a peut-être fini par
comprendre qu'on ne voulait pas de lui ? Il
ne nous intéresse pas. Il n'est pas heureux,
d'accord, mais il tient trop à ce que ça ne
se sache pas. Il est saumâtre. Beaucoup
sont dans sa situation. N'empêche, il se
pourrait qu'on s'en veuille de s'être fermés
comme une moule. On n'est pas pour la
fermeture. On aime mieux quand c'est
ouvert. Qu'il s'agisse des fenêtres, de nos
bras ou des cuisses. On préfère, mais il
y a l'hiver, les profiteurs ou les violeurs.
On préfère ne pas se donner à tort ou à
travers. Il faut dire qui on est. Il faut que
ça se sache.

FLAVE

Si les sauvageons se remontraient la fraise
pour être encore plus certains que je ne
veux rien savoir d'eux, je serais gentille en

leur donnant certaines de mes tâches : me moucher, me pisser, me torcher.

On change nos choses de place, wow ! Grâce à nous, le sac plein de restants qui était sur le comptoir de la cuisine se retrouve dans la valise du char. Wow, super ! La valise qui bloque le passage, parlons-en, eh bien, elle se retrouve à côté du sac plein de restants, dans une valise plus grosse, toujours celle du char, et encore grâce à nous. Youpi ! La jeter par la fenêtre du deuxième était bien trop intéressant pour qu'on ait le cœur de le faire, n'est-ce pas ? Elle n'a pas changé, elle n'a pas évolué, elle n'est pas cassée, elle est pareille ; elle déprime tout le monde.

La valise rouge de maman qui est en même temps une antiquité se retrouve dans une valise de char et tout le monde laisse faire ça. Tout le monde fait ce qu'il doit faire, mais Jésus rit jaune, il tourne en rond, il essaie de s'échapper pour ne pas se faire abandonner par nous, il essaie d'aller rejoindre les chevaux, il est tout confus. Quand on sort ou on rentre, on n'ouvre pas la porte plus grand que notre épaisseur. C'est maman qui doit l'ouvrir le plus, à cause de ses jos, c'est avec elle que le risque est le plus grand.

JAN

Personne n'a violé et tué Flave. Ni Julien, ni Stevens, ni Cow-boy. Pat n'est pas tombée en amour avec lui. Pat ne s'est même pas mise à douter de son amour pour moi. Jésus ne s'est pas noyé. Ne s'est pas fait abattre. N'a pas reçu de coup de sabot sur la tête. Voici ce qui est arrivé : ça n'est pas arrivé.

La Toyota tient le coup. Aucune roue ne se détache. Aucun accident ne survient. Ça roule. Heye, capitaine !

OUVRAGE RÉALISÉ PAR
LUC JACQUES, TYPOGRAPHE
ACHEVÉ D'IMPRIMER
EN FÉVRIER 2007
SUR LES PRESSES
DES IMPRIMERIES TRANSCONTINENTAL
POUR LE COMPTE
DE LEMÉAC ÉDITEUR, MONTRÉAL

Commentaires : grrlemm@hotmail.com

DÉPÔT LÉGAL
1ʳᵉ ÉDITION : 1ᵉʳ TRIMESTRE 2007
(ÉD. 01 / IMP. 01)